KB237378

눈물 많은 시인

| 김석규 시집 |

도서출판 청어

눈물 많은 시인

김석규 지음

발행처 · 도서출판 청어
발행인 · 이영철
기   획 · 최윤영 | 김홍순
영   업 · 이동호
편   집 · 김영신 | 방세화
디자인 · 김바라 | 오주연
제작부장 · 공병한
인   쇄 · 두리터

등   록 · 1999년 5월 3일(제22-1541호)

1판 1쇄 인쇄 · 2012년 4월 20일
1판 1쇄 발행 · 2012년 4월 30일

주소 · 서울시 서초구 서초동 1588-1 신성빌딩 A동 412호
대표전화 · 586-0477
팩시밀리 · 586-0478

블로그 · http://blog.naver.com/ppi20
E-mail · ppi20@hanmail.net
ISBN · 978-89-97706-00-6 (03810)

눈물 많은 시인

시 제5집에는,

북한의 천안함 폭침과 연평도 포격, 천둥과 장맛비

오월의 싱그러운 숲에서 불어오는 청아한 산바람,

한 송이 아름다운 들꽃, 맑은 하늘에 떠가는 흰 구름,

숲에서 울어대는 참매미 소리,

계곡에서 흐르는 맑은 물,

실안개 걸쳐있는 아름다운 산봉우리,

코스모스 손 흔드는 늦가을 들녘과

알밤이 가시집 문을 열고 내다보는 모습,

황금 들녘에 벼 이삭이 파도치는 모습,

금잔디 동산에서 뛰놀던 옛 친구 생각,

유수 같은 세월 늙어 가는 내 모습,

단풍 든 가을 산 낙엽이 정처 없이 굴러가는 모습,

가난한 살림살이에 고생한 아내

암에 걸렸어도 병원에 입원도 못해 보시고 돌아가신 안타까운 어머님의 슬픈 사연, 그리고 43년 운전하며 겪은 일들을 묶어냈습니다.

우리의 삶도 계절처럼 돌아간다고 생각합니다. 저를 시인의 길로 인도하신 김성일 선생님, 함께 공부하던 문우님들과 특히 윤홍상 시인님, 늘 옆에서 시 제5집을 발간하기까지 도와준 아내와 자녀들에게 감사합니다. 사랑으로 격려하여 주시는 독자님들의 가정에 신의 은총이 충만하시기를 기원합니다.

김석규

김석규 시인의 다섯 번째 시집 발간을 축하하며

지애주(노원문인협회 회장)

봄볕은 하루가 다르게 포근해지니

나뭇가지에 엎드린 새순들이 기지개를 켜기 시작합니다.

어디 먼 데서부터 들려오는 봄의 소리…….

하늘 위, 땅 아래

층층이 감긴 인고의 시간을 풀고 있는 봄을 새로운 마음으로 맞이하는 길목에서

김석규 시인의 다섯 번째 시집 발간을 기꺼운 마음으로 축하드립니다.

산다는 것은 존재의 기쁨과 슬픔이기도 하지만

그곳에 숨겨진 인생을 발견하는 환희이기도 합니다.

김석규 시인은

오늘 이 순간까지 살아낸 삶을 순화시켜 쉼 없이 詩를 지었습니다.

詩의 세계는 무변하지요.

그는 詩의 사람이요, 글의 사람이요, 벗의 사람이요, 일의 사람이요,

궁극엔 봉사의 사람으로 귀착합니다.

좋은 詩나 덜 좋은 詩의 구애나 구분 없이

자유롭게 꾸밈이 없고 가식이 없는 詩를 펑펑 쏟아냅니다.

그의 눈에 비치고 귀에 들리고 입에 담기고 가슴을 울리는

찰나, 찰나에서 느끼는 것이 모두 詩가 됩니다.

치유되지 못한 생의 상처도 詩로

자기수행에서 얻는 깨달음도 詩로

끊임없이 샘솟는 사랑하는 마음도 詩로 이끌기를 주저하지 않았
습니다.

세월의 풍차가 무상하게 돌아가지만 건강하게 성장한 자식들 앞에

시인 부부는 두 손 꼭 잡고 오늘도 추억을 하나씩 얹으며

아름답게 가꾸고 키워야 할 詩를 품은 김석규 시인은 참 행복한
사람입니다.

詩와 함께 있을 때 무한히 행복하고 삶의 의미와 보람을 간절히
희구하는 시인입니다.

많은 사람들에게 그의 시집이 위안과 기쁨을 주기를 바라며

김석규 시인의 다섯 번째 시집 발간에 축복을 듬뿍 담습니다.

c·o·n·t·e·n·t·s

1 시인 속에 사는 자연

2 시인이 행복한 땅 노원

3 시인 닮은 가족

4 시인이 감사하는 삶

5 시인이 보듬은 나라

• • • • • • 눈물 많은 시인

1
시인 속에 사는 자연

개나리 진달래꽃 활짝 웃는 동산에서
흰나비 노랑나비 쌍쌍이 춤을 추고
새들은 지지배배 목청껏 지저귀네

봄장마

어두운 하늘에서 빗방울 떨어지네
산에도 들녘에도 가로수 나무에도
물 마신 꽃송이는 고개가 늘어지네

퇴근길 차창 앞에 거실의 창문에도
소낙비 하염없이 유리에 부딪치네
내리는 낙숫물에 잠 설쳐 한숨짓네

만물이 소생하는 반가운 빗소리는
며칠은 좋지만은 나그네 지루하고
번갯불 천둥소리 마음이 불안하네

봄이 오면

춘삼월 기다리던 개구리 가족들은
얼음이 사라지고 훈풍이 불어오니
움츠린 몸을 펴고 활동을 시작하네

개나리 진달래꽃 활짝 웃는 동산에서
흰나비 노랑나비 쌍쌍이 춤을 추고
새들은 지지배배 목청껏 지저귀네

고요한 산비탈에 다람쥐 뜀박질에
가랑잎 누웠다가 바스락 뒤척이고
골짜기 옹달샘은 졸졸졸 노래하네

봄을 찾는 주인들

미련에 못 떠나는 아쉬움 알겠지만
봄맞이 새싹들은 봄바람 기다린다
네 마음 여기 두고 그대는 떠나가라

새싹은 파릇파릇 계절을 밀어내고
개나리 진달래는 웃으며 손짓 하네
힘세던 동장군은 한낮엔 힘이 없다

양지쪽 쑥부쟁이 살며시 일어서고
목련과 벚꽃 잎은 함박웃음 입 벌리네
온몸을 활활 태운 태양도 함박웃음

푸른 오월이여

묵은 쑥 대공 옆에 새순이 무성하네
아카시아 꿀주머니 바람에 흔들대고
불암산 숲 속에는 싱그러움 넘치네

오월은 새싹들이 무럭무럭 자라나서
꿈 많은 푸른 싹들 하늘높이 날아라
어버이 스승의 날 감사의 달이 왔네

라일락 향기 짙은 여왕의 계절이여
저 하늘 흰 구름도 쉬어가는 청산에
산새들 지지배배 맑은 노래 부르네

앞서가는 춘심

베란다 자루에서 당근은 봄을 찾고
감자는 봄을 찾아 문밖을 내다보고
화신은 안쓰러워 맥 놓고 앉아 있네

남쪽을 바라보며 화신만 기다리니
동장군 화를 내며 질투가 불같구나
춘설은 바람 타고 나무에 부딪히네

화분에 꽃나무는 봄 찾아 기웃대고
행운목 허리 굽혀 남쪽을 바라보네
춘설이 휘날리니 어찌하면 좋으랴

여름

태양은 이글이글 중천에 타오르고
흰 구름 흘러가며 그림을 그려놓네
조금 전 그린 것과 또 다른 모습으로

지면은 화끈화끈 바람은 후끈후끈
얼굴로 등줄기로 땀방울 떨어지고
초목은 시들어서 힘없이 늘어졌네

먹구름 서쪽에서 급하게 몰려와서
번갯불 굉음소리 굵은 비 쏟아지고
나무는 춤을 추고 더위는 주춤하네

무더운 여름

온몸을 후텁지근 몸부림치게 하네
겉옷을 벗어 놔도 그들은 달려들고
속옷을 벗어 봐도 그들은 안 떠나네

장맛비 틈새마다 찾아와 괴롭히고
참으로 무서운 놈 올해도 찾아왔네
선풍기 바람에는 비웃는 얄미운 놈

모기는 향수 좋다 밤중에 혈액도둑
감 잡고 내려치면 그놈은 도망쳤고
얼굴만 이중으로 빨갛게 화가 났네

흰 이불 하늘삼아

흰 이불 하늘삼아 겨울난 물고기들
잠자던 강물들은 굽이쳐 흘러가고
그들은 자유롭게 헤엄을 치는 구나

냇가에 수양버들 푸른 옷 갈아입고
강바람 품에 안겨 하늘하늘 춤을 추고
산에는 초록물결 싱그러움 파도치네

파란들 남쪽에서 바람이 불어오니
산에서 들녘에서 풀냄새 날아오고
앞산의 뻐꾹새는 애타게 짝을 찾네

화가 난 하늘

오염된 계곡물과 하천을 돌아보고
훼손한 지구인에 위험을 알리려나
먹구름 불러 모아 호통을 치는구나

우르릉 꽈당 탕탕 한 줄기 빛과 함께
장대 같은 빗줄기가 지붕에 떨어지고
그들은 다시 모여 도랑을 찾아가네

한숨은 태풍 되어 나무를 뒤흔들고
강에는 흙탕물이 성이나 달려가고
파도는 일어서서 모든 걸 삼킬 듯이

풍성한 칠월

청포도 송이송이 영그는 과수원길
새들은 높이 날아 칠월을 노래하고
흰 구름 떠돌다가 원두막 머물렀네

수박밭 여기저기 보름달 앉아있고
노란 꽃 봄에 피어 벌 나비 부르더니
해산한 텃밭에는 결실이 풍성하네

산들이 병풍처럼 늘어선 끝자락에
산 제비 비상하는 강 언덕 아래로는
물굽이 곡조 따라 물새가 노래하네

비 그친 들녘

뒷마당 장독대에 이끼가 두껍구나
나뭇잎 축 처져서 눈물을 뚝 뚝 뚝
참매미 노래조차 물먹은 소리로다

하늘은 세수한 듯 흰 구름 웃고 가고
젖은 땅 물기 말라 잠에서 깨어나고
추석이 산 너머서 웃으며 다가오네

논에서 울던 벼가 눈물을 닦아내고
봉지 속 임신한 배 해산날 가까웠고
알밤은 문을 열고 살며시 내다보네

고추와 무

옥상에 화단에다 고추 모 사다 심고
물 주고 거름 주며 보살펴 주었더니
고추 모 크게 자라 풋고추 주렁주렁

장맛비 계속 내려 못 고칠 병이 들어
고추는 붉기 전에 모두 다 떨어졌네
그 자리 무씨 심어 돌보아 주었더니

어른의 다리 같은 흰 살결 녹색 머리
아내는 아침저녁 옥상에 올라가고
옆집의 아주머님 감탄사 쏟아지네

갯벌에서

무의도 서해바다 하나개 해수욕장
갈매기 썰물 따라 갯벌에 날아들고
황혼이 짙어지면 분주히 날아간다

뜨거운 햇살마저 못 막는 꼬막사냥
갯벌에 숨어있는 조개는 물을 뿜고
벌흙은 끈적끈적 발 잡고 늘어지네

시간이 흘러감을 아는지 모르는지
흐르는 땀방울은 비 오듯 쏟아지고
무겁게 수확하여 해변을 걸어온다

양평들녘

길옆에 코스모스 작은 손 흔들대고
붉은색 잠자리는 파도를 타는 듯이
흰 구름 따라가며 비행을 하는구나

만삭된 들녘에는 황금빛 파도치고
밤송이 주렁주렁 가지가 휘어졌네
농부의 바쁜 마음 서산을 넘어가네

노을 진 산모퉁이 기러기 날아가고
이마에 흐른 땀은 어둠 속 스며드네
풀벌레 슬피 울어 가을이 익어간다

불청객

백설이 자욱하게 지구에 내려와서
큰길에 행인들은 불안한 걸음걸이
별빛을 가로막는 흰 가루 심술이여

산에는 은빛 치마 겹겹이 갈아입고
나무는 순록 뿔로 온몸을 변신했네
찻길에 불청객이 자동차 발목 잡고

산에는 낭만이요 큰길엔 두려움이
염화칼슘 살포하니 울면서 떠나가네
큰길의 뒤안길로 사라지는 설경이여

무서운 태풍

한숨을 토해내는 곤파스* 괴성소리
나무를 뒤흔들어 뿌리째 뽑아내고
고통의 상처들이 수북이 쌓여있네

만삭 된 가을 들녘 벼들이 쓰러지고
파도가 일어서서 방파제 넘어오고
배들이 요동치며 아우성 요란하네

전선은 신음하며 허리가 끊어지고
한전에 직원들은 소낙비 땀 흘리고
수많은 나무들이 태풍에 쓰러졌네

*곤파스: 태풍 이름

산

푸른 산 숲 속에서 청아한 바람 불고
큰 바위 사이로 맑은 물이 흘러가고
까치는 집을 짓고 새들은 노래하네

양지쪽 아지랑이 언덕에 아롱대고
싱그러운 숲에는 참매미 노래하고
나무에 탐스러운 열매가 달려 있네

나뭇잎 붉은 단풍 산마다 불타는 듯
철 따라 아름다움 값없이 보여 주고
산 위에 흰 구름은 넌지시 웃고 있네

소나무

비 오고 눈 내리고 바람이 흔들어도
심하게 흔들리고 고난을 겪은 후에
그들은 손을 들고 하나님께 감사하네

동짓날 설한풍에 힘들어하던 그가
여름에 시원하게 그늘을 지워주고
산소를 생산하여 생명을 주는 그대

자기 몸 불태워서 추운 몸 녹여주고
집 짓는 목재 되어 온몸을 갈라주네
지구인 도와주는 감사한 그대들아

저녁 무렵

하늘은 덩그러니 저만치 높아지고
키다리 코스모스 춤추며 싱글벙글
들국화 하얀 웃음 넌지시 미소 짓고

강아지풀 꼬리 치며 흰 구름 쳐다보고
들풀은 하나둘씩 생기를 잃어가고
억새는 와삭와삭 뚝심이 대단하네

석양에 지는 해는 지긋이 윙크하고
수많은 하루살이 빛 찾아 날아들고
기러기 짝을 지어 산허리 날아간다

은행 나뭇잎

황금색 곱던 옷은 점점이 떨어져서
땅 위에 수북하게 힘없이 누웠구나
떨어진 옷자락에 밤비가 슬피 우네

열매와 비단옷을 모두 다 잃은 나무
쓸쓸히 홀로 서서 흰 구름 바라보며
돌아올 춘삼월을 아득히 기다리네

바람이 달려와서 한바탕 뒤흔드니
남은 것 떨어져서 더러는 흩어지고
밑동에 모여앉아 엄마를 덮어주네

파서탕 피서지

피서지 들어가는 강둑의 계곡 길에
수려한 산속에는 칡넝쿨 우거지고
피나무 참나무가 넌지시 웃어주네

파서탕 맑은 물에 보트를 타고 노는
아이들 함성소리 앞산에 울려 퍼져
중천에 이글이글 태양이 웃고 있다

수목의 그림자에 어둠이 짙어지고
모닥불 피워놓고 아이들 동요 소리
흘러간 어린 시절 아련히 떠오른다

파서탕 강가에

물새가 우는 소리 처량해 일어나니
강가에 물안개는 서서히 떠오르고
이별이 서러워서 소리쳐 우는 매미

보따리 묶어 들고 언덕길 올라갈 때
숲 속에 맑은 바람 흐른 땀 식혀주고
수려한 나무들은 그늘을 지워주네

강가에 여름밤을 별들과 속삭이며
하룻밤 추억들을 모래에 묻어놓고
떠나는 마음속에 강물이 출렁댄다

초가을 들녘에

봄에는 연약하여 하체를 덮어주고
여름철 무더위에 비료를 주었더니
초가을 부는 바람 튼실한 수염 날려

비바람 불어와도 태양을 바라본다
무더위 물리치고 옥수수 크게 자라
지금은 고개 숙여 수줍은 모습으로

참매미 짝을 찾는 노랫소리 멀어지고
창밖에 귀뚜라미 저녁내 슬피 우네
객지에 불효자는 깊은 밤 뒤척인다

가을산

억새가 우는 산골 왕거미 집을 짓고
나무는 울긋불긋 비단옷 갈아입고
청아한 산바람은 춤추자 손을 잡네

산새들 맑은 노래 산속에 지저귀고
청설모 다람쥐는 주변을 서성이고
바위 속 흐른 물은 산골짝 내려가네

도토리 매달려서 일광욕 한창이고
풀벌레 우는소리 계절을 붙잡는 듯
구성진 울음소리 서산에 해가 진다

설악산 단풍구경

설악산 인산인해 구경을 포기하고
미시령 넘어가며 산천을 살펴보니
단풍은 며칠 후에 온다고 하는구나

유유히 흘러가는 푸른 강 저편에는
물무늬 강바람에 거세게 주름지고
하늘에 흰 구름은 물 위에 부서지네

들녘에 곡식들은 추수가 끝났구나
달리는 차창밖에 나뭇잎 손짓하고
서산에 걸린 해는 지그시 눈감는다

늦가을 단풍잎

꽃들과 어우러져 연녹색 잎이 자라
진초록 옷을 입고 부채춤 한들한들
그늘을 시원하게 지우던 아가들아

그 예쁜 손 흔들며 불타는 산을 넘어
어미만 남겨두고 정처 없이 떠나가네
바람찬 겨울날을 내 어이 감당하랴

기러기 짝을 지어 울면서 날아가고
불러도 대답 없는 무정한 아이들아
춘삼월 오겠다고 대답을 하고 가라

입동 지난 가랑잎

번개는 번쩍번쩍 어둔 밤 무서운데
미풍에 흔들리는 힘없는 몸이라서
고령의 늙은 몸은 놀라서 떨고 있네

새파란 청춘에는 두려움 없었는데
꽃피고 새가 울어 세월이 지나가고
번갯불 천둥소리 오늘은 무섭구나

밤비가 옷을 적셔 온몸이 천근만근
가자고 소리치며 천둥이 재촉하네
마지막 가는 길에 날이나 새면 가자

가을배추와 봄동

잘생긴 형님들은 일찍이 뽑혀가고
텃밭에 겨울 지난 내 몸을 보는 이들
가을엔 본체만체 봄날엔 칭찬하네

못생겨 버림받아 찬 서리 맞으면서
바람 찬 들녘에서 서럽게 지난 세월
따뜻한 봄날 되어 서울로 올라왔네

시장에 나갔더니 사모님 다가와서
찬 데서 고생하여 몸매가 예쁘다고
집으로 데려가서 꽃단장시켜주네

쓸쓸한 들녘

한 해의 열매 맺고 땀 흘린 들녘에는
대공만 우뚝 서서 힘없이 흔들리고
새해의 결실 위해 논밭은 쉬고 있네

새들은 옮겨 날며 먹이를 찾고 있고
강아지 뛰다니며 짓궂게 짖어대고
논둑과 밭둑에는 들쥐가 집을 짓네

동구 밖 느티나무 쉼터가 좋더니만
나뭇잎 떠나가고 쓸쓸히 서 있는데
바람 찬 가지에서 까치만 우는구나

성급한 외출

개나리 진달래는 겨울잠 깨어나서
먼 산에 아지랑이 구경을 하려 하니
갑자기 동장군이 사립문을 뒤 흔드네

창밖에 친구들은 무섭다고 소리치고
노래하던 옹달샘은 흐름을 멈추었네
성급한 봄나들이 몸살감기 걸릴라

창문을 굳게 닫고 봄 화신을 기다리네
동장군 미련 있어 창밖에 서성대고
새싹은 고개 들고 창밖을 내다본다

동장군

동장군 출두하니 지면이 얼어붙고
매서운 설한풍에 강물이 결빙되어
물오리 운동장에 빙상경기 하겠네

칼바람 지나가며 얼굴을 스쳐 가네
그대가 힘써 봐야 삼사 개월 고작인데
거하는 동안에는 인심이나 쓰고 가게

춘 장군 출두하면 눈물로 떠나 갈길
삼 장군 유순한데 그대는 너무 맵소
둥글게 사는 세상 유하게 지나가오

2
시인이 행복한 땅
노원

노원의 문인들이 초봄의 별빛 아래
지나간 세월 속에 추억이 살아나서
노원의 밤하늘에 봄꽃이 활짝 피네

삼월의 시낭송

노원의 문인들이 초봄의 별빛 아래
지나간 세월 속에 추억이 살아나서
노원의 밤하늘에 봄꽃이 활짝 피네

간직한 마음속에 사연이 아름답네
시어들 조명 아래 마음의 봄을 불러
수많은 시어들이 새롭게 승화하네

시어의 향기 취해 시간을 잊었구나
시계가 쉬지 않고 깊은 밤 알려주니
가로등 불빛 아래 우리는 멀어지네

봄철을 기다리며

중랑천 둑을 따라 들국화 활짝 웃던
들풀들 머리 위에 하얗게 눈이 쌓여
왕사가 쌓여 있는 물무늬 덮고 있네

눈 덮인 모래 둔덕 휘감아 돌아가고
물새들 발자국이 모두 다 묻혔어도
아는지 모르는지 노래하며 흘러가네

동장군 흰옷 입고 사방을 장악하니
설경은 아름답고 동장군 두렵구나
남쪽의 꽃향기는 언제쯤 올라올까

마당바위 유원지

바위를 휘감아서 흐르는 물가에는
송사리 물결 따라 헤엄쳐 놀고 있고
벚나무 느티나무 하늘을 가렸구나

음식점 정자에서 백숙을 시켜먹고
나뭇잎 쳐다보며 팔 베고 누웠으니
청아한 산바람이 가슴에 안겨든다

시간은 흘러가는 계곡물 따라가고
점심을 먹었는데 동쪽에 산 그림자
아침에 오던 길로 귀갓길 서두른다

수락산 정자에서

잎 피는 초목들은 형 동생 닮았구나
먼저 핀 나뭇잎은 햇빛을 막아서고
늦게 핀 나뭇잎은 어린잎 연약하네

수락산 봉우리는 하늘의 기둥 같고
떠돌던 흰 구름은 봉우리에 쉬고 있고
천상병 시어들이 등산객 발목 잡네

못다 핀 나뭇잎은 내일도 피겠지만
오월의 나그네는 계곡의 물과 같고
오늘은 저 청산이 유난히 푸르구나

유월의 중랑천

흰 구름 떠돌다가 물 위에 머물렀네
수많은 햇살들이 물결에 분산되어
흐르는 물굽이에 부서져 반짝이네

중랑천 둑을 따라 들풀이 무성하고
금계국 만개하여 푸른 둑 어울리고
흐르는 물속에는 잉어가 놀고 있네

유유히 흘러가는 강물의 저편에는
강둑의 풀 그림자 강물에 누워있고
물오리 다정하게 헤엄을 치는구나

여름의 중랑천

출근길 간선도로 줄 이은 차량행렬
강둑의 풀 그림자 물 위에 어른대고
중랑천 들꽃들은 빙그레 웃고 있네

강에는 청둥오리 물살을 일으키고
강태공 낚싯줄에 붕어가 요동친다
나팔꽃 풀대 감고 가슴을 죄며 보네

칠월의 비를 맞고 싱그러운 들풀들
강바람 뒤로하고 달리는 자동차는
물굽이 곡조 따라 저만치 멀어지네

노을지는 계곡

서산에 걸린 해는 물감을 흩뿌리고
계곡의 나무들은 비단옷 울긋불긋
흐르는 계곡물은 모여서 쉬어 가네

수락산 중허리에 고래 등 같은 바위
산허리 여기저기 단풍을 감상하고
떡잎은 떨어져서 외로이 누워 있네

산길에 나그네는 단풍에 젖어들고
해지는 숲 속에는 새들의 울음소리
저무는 산마루에 노을이 짙어지네

문화의 거리

고향을 떠나와서 가슴엔 작가 마음
그대가 선택되어 시어를 안았으니
이 세상 돌 중에서 큰 영광 받았구나

수많은 삶에 자취 점점이 새겨져서
지은이 기승전결 사연도 구구절절
만인이 멈춰 서서 사색에 젖어드네

노원의 문인들이 시낭송 하옵는데
시민들 문화거리 수십 명 모여들고
석양에 지는 해는 살며시 윙크 하네

경춘선 철로 가에

산자락 굽이굽이 터널을 통과하여
남춘천 달려가는 경춘선 열차 앞에
단풍든 나무들은 웃으며 손짓하네

산허리 끝자락에 강물은 굽이치고
물새가 슬피 우는 강 언덕 하얀 집에
쏘가리 매운탕이 냄비에 바글바글

의암댐 담수물이 수문을 통과하고
열차는 노래하며 가을로 달려가고
손들고 코스모스 취한 듯 춤을 춘다

수락산 동막골

참나무 높이 자라 햇빛을 막아섰고
계곡의 맑은 물은 졸졸졸 노래하고
진초록 나뭇잎은 부채춤 추고 있네

그늘의 나그네는 신선이 된 듯하고
야생화 여기저기 예쁘게 피어 있어
시간을 잊은 채로 사색에 젖어있네

풀벌레 처량하게 사랑을 찾아 울고
흰 구름 유람하다 산 정상 머물러서
어여쁜 꽃을 보고 갈 길을 잃었구나

우광 친목회

상계동 우광 친목 기쁨의 저녁 만남
반가운 얼굴마다 웃으며 맞이하고
삼겹살 불판 위에 노랗게 익어가네

술잔을 권하면서 지난날 이야기들
구수한 정담 속에 빈 병이 늘어나고
식탁에 삼겹살은 뱃속에 잠들었네

옆자리 빈 의자는 하나둘 늘어가고
도우미 사모님들 발걸음 느려지고
중천에 밝은 달은 서쪽으로 기울었네

불암산

구름도 쉬어 넘는 웅장한 불암산아
태고에 우뚝 서서 태풍을 막아주고
숲에는 산새들이 노래로 환영하고
양지쪽 언덕에는 야생화 웃고 있네

진초록 나뭇잎은 부채춤 흔들흔들
산사의 국태민안 스님들 목탁소리
골짝이 옹달샘은 졸졸졸 노래하네
둘레길 자국마다 건강이 찾아온다

노원문학아카데미 윷놀이

윷가락 높이 던져 시합을 시작하네
사 개의 윷가락이 공중에 춤을 추고
모 개 걸 날 때마다 말밥은 돌아가네

막걸리 두부김치 흥취를 돋으면서
윷가락 방향 따라 박수가 크고 적다
윷이나 모가 나면 말밥은 신이 나네

후진 퇴 안타깝다 얼굴을 찌푸리네
박수와 고함소리 시합장 들썩들썩
문인들 윷놀이에 옥토끼 잠이 드네

시화전 앞에서

원자력 병원에서 갖가지 사연 안고
꽃 속에 함께 있는 시어들 숨은 사연
세월의 뒤안길로 묻혀버린 그리움들

시어들 앞에 서서 생각에 잠겨 있네
겨울에 매화처럼 꽃 피는 시어들을
보는 이 가슴에는 그리움 사무치네

카메라에 담아보는 아름다운 모습들
영하의 추운 겨울 시어는 예술이고
지나온 세월 숲을 눈감고 헤쳐보네

김삿갓 문학관

산굽이 굽이 돌아 험난한 준령 넘어
푸른 물 동강 따라 김삿갓 문학관에
죽장에 삿갓 쓰고 떠도는 영상 보니

눈물이 앞을 가려 슬픔에 젖어드네
한 많은 인생살이 떠도는 나그네여
오늘도 해가 지니 이 밤은 어디에서

장원한 김삿갓은 조부의 죄 때문에
벼슬길 가로막혀 한 평생 떠돌면서
임께서 지은 시가 후세에 빛이 나네

장릉 청룡포

강원도 영월 땅에 장릉을 찾아갔네
청룡포 푸른 물은 굽이쳐 흘러가고
단종이 노산 되어 통곡소리 들리는 듯

왕방연 금부도사 단종께 사약 드려
열일곱 꺾인 꽃은 엄홍도 덕분으로
장릉에 안장되어 대왕의 참배 받네

잠드신 능 앞에는 참배객 가슴 젖고
단종의 왕릉에는 대왕이라 칭하지만
한 많은 운명 앞에 슬픔만 가득하네

시화전 시어들

멋있는 집안에서 꽃 속에 둘러싸여
꽃단장 곱게 하고 화려한 옷을 입고
시어로 태어나서 감개가 무량하네

발걸음 멈춰 서서 관객이 살펴보네
얼굴이 붉어지며 수줍고 낯은 선데
중천에 흰 구름이 넌지시 웃고 가네

첫 외출 날씨 추워 봄날이 그리워라
화려한 집안에서 시어는 즐거웠고
외출을 하게 되니 내 삶에 추억이네

마을이 도로되어

남원주 옆을 지나 민둥산 가는 길에
뒷산의 흰 눈들은 그림을 그렸구나
고갯길 산모퉁이 돌아가던 험한 길은

세월의 뒤안길에 긴 잠이 들어있고
고갯길 터널 뚫고 강에는 다리 놓아
곧은길 고속도로 빠르게 지나가네

마을은 줄어들고 차들이 오고 가니
지난날 추억들은 소음에 사라지고
앞산의 진달래를 차에서 바라보네

노원문학아카데미 야유회

번호에 당첨되어 상금이 오만 원정
한 일 자 열린 입이 귀밑에 걸렸구나
나뭇잎 손뼉 치고 옹달샘 노래하네

풍선을 마주 안고 힘주어 터트리니
청백군 웃음소리 산새가 날아가고
오늘만 같으면 신선이 따로 없네

보물을 찾기 위해 산속을 살펴보니
참나무 밑둥지에 보물이 수북한데
수락산 그림자가 동쪽에 누워있네

노원문화축제

노원의 축제깃발 공원에 휘날리고
아치는 일어서서 청사초롱 들고 섰네
등나무 근린공원 구민들 인산인해

정자에 노원문인 시낭송 구구절절
지나던 가을바람 한 아름 안고 가고
흰 구름 잠시 멈춰 시낭송 듣고 섰네

막걸리 축배잔은 동서에 부딪히고
가을볕 내려와서 정자로 들어오네
눈 풍년, 입도 풍년, 사람도 풍년일세

2011년 가을 문학기행

노원의 문인들이 충의사 향해가네
윤봉길 의사님은 효창공원 잠드시고
가야산 충의사가 순국을 말해주네

덕숭산 수덕사에 대웅전 목조건물
서쪽의 관음바위 이끼가 푸르구나
창을 든 사천왕문 형상이 살벌하고

김정희 선생 고택 솟을대문 높이 솟고
천 자루 몽당붓은 선생의 일생이네
잠드신 묘역에는 잔디만 푸르구나

만추의 산속에

수락산 끝자락에 감나무 어린것이
열매가 주렁주렁 많이도 달렸구나
튼실한 열매 맺어 자연에 보답하네

덩치 큰 감나무에 열매는 안보이고
잎사귀 무성하여 바람에 휘날리네
결실의 계절 맞아 부실한 나무로다

곤파스 태풍으로 나무가 부러져서
산기슭 여기저기 쓰러져 누워있네
만추의 산속에는 가슴이 아리구나

김유정 설레마을

김유정 소설가의
생가를 돌아보네
금병산 설레마을
떡시루 형국이고
소설의 유적지가
살아서 숨을 쉬네

들병이 넘어오던
금병산 바라보니
술병을 이고지고
들녘에 술을 파네
들녘에 힘든 일도
한순간 잊고 있네

밥솥을 짊어지고
들병이 찾아갔다
지고 간 솥을 주고
뒷모습 바라보는
김유정 소설 해설
서산에 해가 진다

도산서원 가던 날

서원의 흰 매화는
환하게 웃고 있고
물새가 슬피 우는
강 언덕 도산서원
선비들 앉은 모습
강물에 어리는 듯

푸른 강 가운데는
정자가 우뚝 섰고
흐르는 낙동강에
봄바람 날아와서
조용한 내 가슴에
물결을 일으키네

봄볕이 다정하게
나무에 입 맞추니
연두색 나뭇잎은
문 열고 함박웃음
꽃피는 강산에서
시상에 젖어본다

도산서원

봄바람 헤치며
안동으로 달려가네
개나리 산수유가
노란 봄 더해주고
백목련 자목련은
붓 되어 글 쓰라네

도산의 서원 앞에
천 년을 누운 나무
흰 매화 실눈 뜨고
봄 손님 내다보고
서원의 빈칸마다
옛 자취 아련하네

낙동강 굽이굽이
하회마을 안고 돌고
밭둑의 홍매화는
젊음의 봄을 불러
귀향길 차 안에는
시상이 가득하다

김유정 문학관

삼십 편 단편소설
제목을 조명한다
활짝 핀 배꽃 위에
새벽달 바라보며
이십구 세 젊은 나이
청춘이 아깝구나

김유정 문학촌에
소설의 소재들이
옛터에 재건되어
새롭게 살아났네
마누라 팔아먹고
도망치던 산마루턱

아침엔 황금 햇살
밤에는 달빛 따라
세월의 중허리를
묶어놓은 설레마을
철 따라 문인들이
문학기행 왁자지껄

양구 두타연

두타연 상류에서
옥수가 내려오며
마주 선 바위 사이
힘차게 내려가고
물거품 소용돌이
앞산에 진동하네

열목어 꼬리 치며
물속을 왕래하고
수려한 초목들은
오라고 손짓하고
산딸기 향기 속에
강물은 춤을 추네

골짜기 실안개는
산등성 올라가고
맑은 물 계곡에서
물안개 피어올라
다리 앞 굽이치며
유유히 흘러가네

해동 용궁사

동물이 종류대로
석상이 십이석상
뜻깊은 시구들은
마음을 움직이고
치솟은 대나무는
곧은 맘 보여주네

흰밥에 머루 같은
두 눈을 부릅뜨고
잡귀를 노려보는
사천왕상 무섭구나
돌탑은 높이 솟아
국태민안 빌고 있네

대웅전 불경 소리
사악함 잠재우고
잡귀는 파도 타고
바위에 부딪혀서
힘없이 바위 안고
하루 내 맴을 도네

수덕사

절 입구 고목들은
하늘을 찌르는 듯
한 뿌리 두 그루가
아름씩 넘는구나
희귀한 나무 안고
추억을 담는 연인

대웅전 불상 앞에
합격을 비는 엄마
그 마음 밖에까지
정성이 깃들었고
불당 안 대들보에
자비가 서려 있네

경내에 칠 층 탑은
하늘을 바라보고
이끼 낀 관음바위
수많은 소원 듣고
수덕사 범종 소리
마음을 가다듬네

눈 덮인 중랑천

눈 덮인 강물 위에
갈매기 앉았으니
강인지 갈매긴지
분간키 어려워라
물속에 붕어들은
보이질 않는구나

강가의 얼음 속에
물오리 들어가네
영하의 추운 날에
물속에 드나드니
어떻게 생겼기에
추위도 모르는가

강가에 늙은 억새
하체는 눈에 덮여
눈 속에 늙은 들풀
바람 찬 강가에서
새파란 젊은 시절
그리워 눈물짓네

또 한 해가 가는구나

열차에 시인들은
푸른 강 산허리에
단풍든 가을 산을
시어로 승화하고
산새는 열매 풍년
즐거워 노래하네

알밤은 외출하고
빈집만 덩그렇고
다람쥐 도토리를
땅속에 묻어놓고
구절초 미소 짓는
가을산 분주하네

억새가 노래하는
산마루 고개마다
산 까치 노랫소리
정막을 깨뜨리고
불타는 단풍 따라
또 한 해 가는구나

3
시인 닮은 가족

봄 여름 가을 겨울 귀여움 쌓여가던
지어미 어린 시절 꼭 닮은 외손녀가
내 품에 안겼으니 막내딸 착각한다

어머님 산소에서

새싹과 나뭇잎은 일어나 봄을 찾고
아지랑이 손짓하는 어머님 잠드신 곳
막내딸 운전하는 자동차에 올라앉아

아내와 동석하여 강원도 내려갈 때
청아한 산바람이 우리를 감싸 주고
졸졸졸 도랑물도 흥겨워 노래하네

어머님 산소 앞에 헌시를 낭송할 때
시어들 꽃이 되어 산속에 피어나고
산새도 슬피 울며 시어를 감상하네

내 사랑 그대여

항구에 정을 두고 무역선 멀어지네
부평초 인생이란 정마저 서러워라
간다고 멀어지나 한번 준 마음인데

산호초 머리 위로 달처럼 지나가고
파도가 부서지고 물거품 일으키며
오늘도 망망대해 흰 구름 벗을 한다

아득한 수평선에 그대가 떠오르면
바다 위 외로운 몸 육지가 그립구나
파도가 밀려와서 뱃머리에 부서진다

정 때문에

아들이 진접으로 이사를 하게 되어
아내는 까만 밤을 하얗게 지새웠고
이삿짐 실은 차에 궂은비 떨어진다

손녀가 재롱떨며 재 너머 멀어질 때
우리는 가물가물 뒷모습 바라봤네
인생의 모든 것은 운명의 장난인가

혈육에 쌓인 정이 가슴에 안개 피고
타관도 정이 들면 고향이 된다더라
거기서 뿌리내려 정답게 잘 살아라

승아 첫돌

해맑은 그 모습에 귀여운 눈동자는
예쁜 옷 차려입고 좋아서 아장아장
풍선과 조명으로 잔치는 고조되고

무엇을 잡나 보니 볼펜을 잡아 드네
카메라 사진촬영 분주히 번쩍번쩍
음식을 먹으면서 지난날 회상하네

봄 여름 가을 겨울 귀여움 쌓여가던
지어미 어린 시절 꼭 닮은 외손녀가
내 품에 안겼으니 막내딸 착각한다

추석

추석날 돌아오니 어릴 때 고향 생각
어머님 송편 빚어 맛있게 먹던 생각
아내가 송편 빚어 옛 생각 채워주네

음식을 차려놓던 어머님 생각 중에
아내가 명절준비 방 안이 가득하고
뒷모습 바라보니 어머님 사랑인가

세월은 유수같이 빠르게 흘러가서
자식들 출가하니 명절이 허전하네
추석은 나이 많아 늙지도 않는가

무의도 가는 길

바닷가 횟집들은 몸단장 곱게 하고
갈매기 바다 위에 긴 날개 펄럭이네
누구를 부르는지 구성진 울음소리

썰물에 주저앉은 배들은 목마르고
막내딸 승아 안고 재롱에 웃음바다
해풍에 땀 시키며 아내의 활짝 웃음

잠진항 여객선은 자동차 사람 태워
대소형차를 싣고 젊은 힘 과시하고
시원한 바닷바람 또 오라 손짓하네

아내의 잠든 모습

처음엔 높은 곳도 가볍게 오른 다리
자식들 네 명이나 업어서 키운 다리
지금은 자식들도 아이들 둘씩이네

다리는 건강 잃고 세월의 뒤안길로
꽃 같은 젊은 모습 험난한 세월 속에
말없이 묻어놓고 힘들어 뒤척이네

행복한 가정 위해 열심히 살아 온 아내
아내의 노력으로 행복을 얻은 나는
잠이 든 아내 모습 가슴이 아려온다

손자 손녀 재롱둥이

귀여워 안아주면 덩실덩실 뛰다가도
다른 놈 안아주면 못 본체 돌아서서
불같이 질투하며 얼굴이 붉어지네

뛰다가 넘어져서 울다가 웃는 녀석
술래잡기 분주하고 풍선으로 공을 차니
거실은 순식간에 운동장으로 변하네

아랫집 가족에게 죄송한 생각 들고
그래도 큰 소리로 야단을 치지 못해
나직한 목소리로 주위를 돌아본다

축 칠순 누님께

산 좋고 물 좋은 강원도에서 산새들의
축하 노래를 들으시며 출생하신 누님
가난한 농부의 가정에서 태어나서 중고등 교육도
받지 못하신 채 봄이면 산나물을 뜯어 가족들의
식생활을 도우시고
농사일을 하시며 가정에 기둥 역할을 하시던 누님
결혼식도 제대로 올리지 못하고 살림을 차리시고
매형이 세상을 떠나신 후
어린 자식들을 홀로 돌보시며
말없이 눈물도 많이 흘리며 추운 겨울을 보내셨겠지요
이제는 자식들이 장성하여 그토록
원하시던 손자 손녀도 보시고 손자 손녀의 재롱 속에
해 지는 줄 모르며 아픈 다리도 잊으신 채
행복한 나날을 보내시며 칠순을 맞이하신 누님
천만세 무병장수하시기를 기원합니다

-2011년 2월 5일 동생 석규 드림

누님 칠순

철없던 어린 나를 보살펴 주던 누님
무정한 인생길은 쉼 없이 흘러가서
오늘도 휴일 없이 흐르는 야속한 길

산나물 뜯어다가 식생활 해결할 때
저녁때 복주머니 한 다발 꺾어 오면
철없이 받아들고 하늘만큼 뛰었었지

오늘은 비단옷에 밥상을 받았지만
쌀밥에 고기반찬 가득히 차려놔도
힘없는 숟가락에 음식은 줄지 않네

어버이날

낳으시고 길러주신 어머님 은혜
복사꽃 활짝 핀 봄이 왔어도
보시지 못하시는 나의 어머님

허기진 배를 안고 저만 먹여 주시고
추위에 떨면서도 저만 입혀주시고
가슴에 꽃을 보면 눈물이 납니다

다시는 못 올 길을 떠나신 어머님
소리쳐 불러 봐도 대답이 없으시니
불효자 타는 가슴 눈물에 젖습니다

아내의 다리

아내는 건강하게 잘 걷던 다리였네
아침에 출근하여 밤중에 집에 오고
수많은 전철 계단 날마다 걸은 다리

몇 년째 관절염에 걷기가 불편하여
약 먹고 치료해도 좀처럼 낫지 않고
오늘도 삼 층 계단 옆으로 내려가네

예식장 주례 앞에 나란히 섰던 다리
나하고 오솔길을 정답게 걷던 다리
저녁때 남편 오나 집 앞에 섰던 다리

인생의 항로

쉼 없이 서쪽으로 흐르는 한강수야
부모님 사랑 속에 어린 몸 성장하고
부모님 세상 떠나 하늘이 무너졌네

두 사람 한 맘 되어 가족을 이루었고
출생의 울음소리 아련히 들리는 듯
어느새 내 나이가 회갑이 지나갔네

흰머리 휘날리며 계절을 따라가고
중천에 흘러가는 흰 구름 신세구나
오늘도 나의 몸아 너무나 고맙구나

여동생

청춘에 남편 잃고 혼자된 여동생아
흐르는 세월 속에 젊음은 흘러가고
두 자식 홀시어미 혼자서 보살피며
가시밭 불바다를 너 어이 걸었느냐

어려서 아버지와 생이별 서러운데
나이 든 오빠들이 두려움 많았겠지
주름살 하나 없이 피어날 꽃봉오리
상처만 가슴속에 겹겹이 쌓였겠네

타관 땅 떠돌면서 사랑을 주지 못해
조용히 눈감으면 가슴이 아려온다
동생은 흰머리에 잔주름 늘었는데
무능한 이 오빠는 얼굴을 못 들겠다

형수님

부엉이 우는 산골 조카들 키우면서
산골의 농가에서 힘들다 내색 않고
한평생 가족 위해 몸 던져 일하시며
조카들 일곱 낳아 모두 다 결혼했네

왕거미 집을 짓는 고향 집 처마 밑에
인자한 모습으로 가족을 사랑하고
어두운 표정 없이 묵묵히 자리 지킨
형수님 바라보면 어머님 모습 본 듯

해거름 냇가에서 엄마소 우는소리
밭일에 지친 형수 서둘러 저녁 짓네
청춘에 시집와서 흰머리 잔주름에
허리에 통증으로 일하기 힘드시네

가정이 천국이네

아침에 출근하여
저녁에 집에 오며
오늘에 한일들을
눈감고 생각하네

전철에 승차하여
앉으면 다행이고
모로만 서 있어도
내릴 역 도착하네

계단을 내려가니
낯익은 거리로다
가정에 도착하니
여기가 천국이네

대공원 가던 날

대공원 벚나무는
봄에는 꽃이 피고
가을엔 늙은 잎이
그늘을 지어주네
앵무새 돌고래와
원숭이 조류 연기
사람과 같이하니
감탄사 쏟아지네

코끼리 늙은 암수
땡볕에 서성대며
던져준 바나나를
긴 코로 휘감는다
사자는 용맹 없이
누워서 헐떡대고
호랑이 늘어져서
가쁜 숨 몰아쉬네

꿈나무 승재 승아
잔디에 뛰어놀고
점심 때 잔디 위에

효도가 한 보따리
분수가 치솟으니
소리쳐 환호하고
오색의 무지개가
석양을 알려주네

아내의 회갑

수줍은 열아홉 살
꿈 많은 그 시절에
외로운 타향살이
서로가 의지하며
가진 것 하나 없이
사랑을 속삭였지

사십년 하루같이
행복한 세월들이
구름에 달 가듯이
무정히 흘러가고
꽃 같은 젊은 시절
세월 속에 스며들고

사랑의 귀염둥이
아들딸 가족모여
효도의 회갑축하
가슴이 찡하구나
하나님 은혜 받아
천만년 누리시게

처가댁 형제들과

처가댁 형제들과
숲 속의 아침에서
펜션의 나무난로
구수한 열기 속에
삼겹살 불판 위에
노랗게 지글지글

호명산 언덕길의
무성한 나무 아래
산굽이 올라가는
형제들 즐거워라
수려한 산맥마다
한 폭의 그림 같고

푸른 물 호수 위에
백조는 노래하고
거북은 박수 치며
백조를 바라보네
호수를 배경 삼아
세월을 묶어본다

잠옷

십 년 전 너를 만나
밤이면 즐거웠고
추운 밤 그대 품에
단잠을 이루었고
자다가 이불 차도
그대 품 따뜻했네

밤마다 너를 안고
좌우로 돌다 보니
흐르는 세월 속에
너마저 늙어져서
수명이 다했으니
이별이 아쉽구나

십 년간 그대 품에
단잠을 이룬 나는
그래도 좋다는데
아내가 옷 사 와서
오늘이 너와 나는
마지막 밤이구나

설날

꿈에 본 고향산천
내 고향 강원도길
옛날엔 힘든 길도
그리워 달려가고
지금은 빠른 길도
먼 길로 느껴지네

고향 집 굴뚝에서
연기는 여전한데
생전에 어머님은
보이지 않으시고
뒷동산 산소 앞에
서성거리시는 듯

고목은 쓰러지고
뿌리만 옹기종기
설날은 해가 가면
또다시 오련만
옛날을 생각하며
그리워 눈물짓네

고향길

산 정상 중허리로
터널을 뚫어놓아
커다란 높은 산도
가볍게 통과하고
부엉이 울던 산길
자동차 달려가네

뻐꾹새 슬피 울어
내 마음 달래던 길
산마다 넘실대는
초목을 바라보며
아내와 같이 가니
외로움 사라졌네

푸른 산 초목들은
올해도 푸르건만
지난해 푸른 잎은
떨어져 누워있고
찾아온 고향에는
어머님 그리워라

고향이 변한 모습

잡목이 우거져서
산길이 없어졌네
들풀이 무성해도
마을에 소는 없고
인적이 드물어서
낮에도 무섭구나

젊은이 농촌 떠나
고향은 적적하네
빈집의 처마 끝에
왕거미 집을 짓고
고향의 옛 친구는
백발이 성성하네

놀던 곳 아련한데
잡초만 무성하고
냇가에 흘러가던
맑은 물 잦아들어
조약돌 덩그러니
흰 이빨 드러내네

양구 광치 자연휴양림

골마다 내려와서
모여든 계곡물은
물돌에 부딪쳐서
깨어져 부서지며
무서운 속력으로
하류로 내려가네

급경사 내려가는
물소리 진동하고
불거진 바위들은
곱게도 변신했고
물보라 자욱하게
계곡에 피어나네

금계국 미소 짓는
광치의 휴양림에
세상의 근심 걱정
물거품 따라가고
아내와 콘도에서
여기가 낙원이네

주문진 부둣가에

어둠이 내려앉은
주문진 앞바다에
파도가 밀려와서
물거품 맴을 돌고
손자는 바닷물이
춤추며 논다 하네

아내와 막내딸이
바다를 바라보며
멋있다 감탄하며
창가에 돌이 됐고
주문진 부둣가에
고등이 뛰고 있네

문어가 기어가는
부둣가 아침에는
생선들 물 밖에서
몸부림치고 있고
한 조각 흰 구름은
세월을 따라가네

평창군 용평면의 가을

옥수수 붉은 수염
텃밭에 휘날리고
고추밭 푸른 고추
비단옷 갈아입고
들녘에 황금 물결
바람에 넘실대네

계곡에 푸른 물은
마을 앞 돌아가고
메밀꽃 만발하여
왕소금 흩뿌린 듯
알밤이 문을 열고
가을을 맞이하네

엄마 소 음매 소리
서산에 울려오고
아버지 어머니가
사시던 고향 땅에
아내와 돌아보니
옛날이 그립구나

세월의 뒤안길

진달래 만발하는
에덴의 동산에서
해 뜨는 언덕에다
조그만 집을 짓고
병아리 노란 입이
귀여움 넘치더니

하늘에 해와 달이
말없이 오고 가고
개나리 노란 잎이
힘없이 떨어지네
병아리 노란 입은
어미 닭 되었구나

해 저문 뒷산에서
구절초 졸고 있고
병아리 오지 않는
쓸쓸한 언덕에는
귀뚜라미 우는 밤에
기러기 날아간다

명절맞이

별들이 소곤대는
골목길 벗어나서
추석을 맞이하러
어둠을 헤쳐 가네
아내의 뒷모습에
명절이 익어간다

육고기 생선 채소
골고루 구입하여
즐거운 명절맞이
행복을 창조하네
흘러간 세월 속에
어머님 모습인가

부침개 지글지글
후각을 자극하고
수많은 보름달이
쟁반에 가득하네
아내와 며느리는
향수를 빚어낸다

유수 같은 세월 속에

한가위 밝은 달은
올해도 변함없고
어머님 무릎 위에
철없던 어린 내가
회갑이 지난 지도
오 년이 지나가네

꽃다운 새색시가
이십 세 시집와서
회갑이 내일모레
곱던 손 거칠어져
우윳빛 예쁜 살결
세월에 묻어가고

잔주름 여기저기
흰머리 늘어났네
지나온 세월 속에
젊음은 사라지고
오늘도 명절준비
하루내 바쁘구나

세월이 흐른 뒤에

한가위 둥근 달이
고향 집 처마 끝에
어머님 함께 볼 때
휘영청 밝았지만
혼자서 쳐다보니
외롭기 한이 없다

그리운 그 옛날은
뛰는 듯 흘러가고
송편도 부침개도
그 맛은 여전한데
휘영청 밝은 달은
물먹은 달이로다

옛날에 젊은 집은
풍수에 늙어지고
어른들 떠나시니
쓸쓸히 서 있구나
아이들 바라보니
남인 듯 서먹하다

소요산 등산길

초겨울 소요산에
막내딸 같이 올라
승재와 세 살 승아
다람쥐 토끼 타고
코끝이 빨개져도
하산을 싫어하네

진초록 나뭇잎도
화려한 단풍잎도
스산한 산바람에
우수수 떨어져서
흘러간 지난 세월
말없이 잠들었네

지난날 푸른 시절
세월에 빛바래고
머리가 백발 되어
아내와 등산하니
앙상한 나뭇가지
지긋이 미소 짓네

 ·　·　·　·　·　눈물 많은 시인

4
시인이 감사하는 삶

은행은 가지마다
황금 옷 갈아입고
늘어진 감나무와
문 열린 알밤들은
하늘을 쳐다보며
감사의 인사 하네

나의 애마 소나타

여섯 살 종합검진 싱그러운 계절에
머리와 심장검진 시력도 양호하고
방향등 깜빡깜빡 윙크로 인사한다

모두 다 검사결과 양호한 판정받아
칠 년이 정년인데 아직도 청년 같고
추가로 검사하면 이년은 더 살겠네

푸른색 신호 따라 상쾌하게 달려가니
초록색 가로수 잎 신나게 춤을 추고
떠돌던 흰 구름도 덩달아 따라온다

시들은 꽃을 보며

찬바람 짙은 황사 눈 못 뜬 꽃봉오리
겨우내 준비하여 오 일도 못 견디고
시들은 꽃잎들은 바람에 흩날린다

살같이 흘러가는 무정한 세월 앞에
꽃처럼 시드는 건 인생도 마찬가지
머리는 희끗희끗 반백이 넘었구나

청산에 그대들은 내년에 오겠지만
유수와 같은 세월 잡아도 소용없어
서러운 그대 앞에 시 한 수 남기노라

노인의 힘든 걸음

도로에 비틀비틀 인생의 무거운 짐
새파란 젊은 시절 꿈같이 흘러가고
해거름 석양 길에 가는 이 힘겹구나

어깨의 무거운 짐 등짝을 짓누르고
재활용 술병 되어 갈증을 해소하며
별들이 소곤대는 저녁에 집에 가네

무거운 물건들은 젊은이 맡겨주고
힘들게 가는 길에 밝은 빛 비쳤으면
귀갓길 노인에게 축복을 빌어본다

황금빛 살구

춘삼월 아름다운 입술이 미소 짓고
여름에 보기 좋게 황금색 무르익어
만나면 입 안 가득 군침이 넘어가네

봄에는 예쁜 얼굴 여름엔 향수 품어
황금색 그대 모습 허공에 빛이 나고
행여나 바람 불어 다칠까 염려되네

향긋한 향기 속에 머물러 취해보네
힘없이 떨어져서 상처가 깊이 나면
이 몸은 안쓰러워 가슴이 아려오네

낙엽 같은 인생길

지나간 세월 속에 젊음을 묻어두고
가슴에 깊은 상처 붉은색 옷이 되어
찬 서리 내리는 날 그대와 이별하네

지난날 아름다운 추억을 돌아보며
바람이 부는 대로 가야 할 몸이라서
온몸에 묻은 때를 깨끗이 씻어내고

바람이 등을 밀어 떠밀려 가다 보니
적당히 후미지고 조용한 안식처에
말없이 눈을 감고 세월을 기다리네

새롭게 피는 장미꽃

장미꽃 탐스럽게 한 송이 피어나서
사철에 보기 좋게 싱그러움 넘치더니
조금씩 시들어져 고개가 숙여졌네

어미가 새끼 쳐서 만발한 꽃이 모여
어미가 시들어서 치료를 받는 동안
그들은 합심하여 어미를 보살피네

병실에 있는 꽃은 외로움 모른다네
꽃들의 정성으로 새롭게 피어나서
꽃 속에 둘러싸인 퇴원 길 기쁨이여

새해 소망

신묘년 토끼해가 불암산 올라오니
새벽의 찬바람도 새해를 맞이하고
소나무 쌓인 백설 황금빛 환영하네

어두운 구석구석 밝은 빛 비춰주오
뒤안길 어둠 속은 당신을 기다리오
올해도 안 오시면 기다리다 지치겠소

절망의 가슴속에 차디찬 얼음 속은
언제나 빛을 보고 단꿈을 이루리오
어두운 가슴속에 희망을 걸어본다

겨울 외출

보이지 않는 것이 몹시도 차갑구나
마스크 하고 가니 눈썹에 고드름이
안경을 쓰고 가니 흐려져 안 보이네

손발도 없는 것이 매섭게 달려들어
입으로 콧속으로 찬바람 들어와서
체온을 떨어뜨려 이 몸을 괴롭히네

사나운 날씨 속에 강물은 꽁꽁 얼고
강 건너 정류장은 저만치 보이는데
백설이 일어서서 씨름을 하자 하네

소각장 수증기 되어

양복이 오래되니 낡아서 떨어졌네
새로 산 서랍장이 몇 해를 사용하니
소리가 삐걱삐걱 말을 잘 듣지 않네

수많은 새것들이 세월이 흘러가서
한 줌에 재를 두고 하늘로 올라가네
잠시 후 허공으로 말없이 사라진다

버티고 애를 써도 세월은 흘러가고
청춘을 좋아해도 세월이 데려가네
세월의 중허리에 밧줄을 묶어 놓까

기다림

겨우내 준비하여 꽃망울 터트리네
한줄기 버들 꽃을 봄철에 피우려고
차가운 강바람에 흔들린 세월이여

두꺼운 얼음 속도 차가운 땅속에도
화신은 찾아와서 나오라 인도하고
봄꽃이 함박웃음 산천에 피어나네

산 너머 남쪽에서 꽃향기 날아오고
계절의 순리대로 만물이 소생하여
겨우내 인내함이 결실을 거두었네

늙지 않는 사계절

세월아 사계절아 쉬지도 않느냐
계절이 오고 가도 늙지 않는 세월아
아버지 어머님도 너 따라 떠나셨다

봄철을 맞이하면 어느새 떠나가고
머리에 서리 내려 너 따라 흐른 세월
마음만 한창이지 온몸이 늙었구나

봄에는 씨앗 뿌려 여름에 잡초 뽑고
세상의 초원에서 목자로 흐른 세월
고목에 다가서니 비바람 차갑구나

속 깊은 나그네

연녹색 숲 속에는 새들이 노래하고
뻐꾹새 슬피 울어 사랑을 찾고 있고
가지와 나뭇잎은 바람에 춤을 추네

계절은 얇은 옷과 짧은 옷 갈아입고
오월은 아카시아 향기에 젖는구나
풀 냄새 물씬 나는 녹음의 계절이여

훤하게 드러났던 높은 산 옷 입으니
산속의 깊은 곳을 가늠키 어려워라
세월의 풍파 속에 속 깊은 나그네여

인생길

엎드려 기어갈 땐 엄마의 사랑 받고
두 발로 걸을 때는 박수로 칭찬받고

비탈진 험한 길도 힘차게 걸어갔지
세 발로 가는 길은 힘들고 더디구나

오늘도 걷는다만 끝없는 인생길을
가다가 힘들어도 쉬었다 갈 수 없네

출근이 급한 승객

앞차가 서 있는데 빨리만 가자 하네
적색등 들어오면 한숨이 태산 같고
목적지 아직 먼데 시간은 쉬지 않네

이 몸이 하늘 높이 날아갈 수 있다면
시원히 훨훨 날아 목적지 가련 만은
마음은 앞에 가고 자동차 제자리네

목적지 도착하여 손님이 내려가면
등짝은 땀에 젖고 손발은 힘이 없고
아침이 지나가면 전쟁이 끝이 나네

특별한 승객

목적지 얼버무려 또다시 물어보면
대답은 노발대발 간신히 알아듣고
목적지 찾아갈 때 길 투정 횡설수설

반말에 욕을 먹고 매 맞는 개 같은 날
참아야 하는 것이 운전사 임무기에
나이를 접어두고 어린애 되어 보네

목적지 도착해도 인정을 하지 않아
요금을 찾는 시간 한없이 느릿느릿
그래도 계산하면 후유우 한숨 놓네

참 좋은 승객

길 선택 미리 말해 부담이 없는 손님
급해요 빨리 가요 서둘지 않는 손님
반말에 폭언하며 흡연을 않는 손님

대화가 부드럽고 유머가 좋은 손님
장거리 타고 가도 마음이 편한 손님
하차 후 머릿속에 미소가 남는 손님

신호등 적신호에 초조함 없는 손님
취했든 안 취했든 정감이 많은 손님
도착 후 요금계산 깔끔히 하는 손님

세월의 한 허리

꽃피는 봄이 와서
화신에 취했더니
애타게 짝을 찾는
참매미 처량하다

삼복의 더위 속에
여름은 지나가고
창밖에 귀뚜라미
밤새워 울어대네

내 생전 사계절이
몇 십 번 지나갔던가
세월의 한 허리를
붙잡아 매고 싶다

비 맞고 우는 나무

지난밤 비를 맞아
힘겹게 서 있는데
쉼터 앞 아저씨가
거세게 흔들대네
흔들지 아니해도
괴로운 몸이건만

잎 틔워 푸를 때는
그늘에 쉬어가고
비단옷 바라보며
멋있다 보시더니
떠나는 이별 앞에
무정한 인심이여

어차피 때가 되면
떠나갈 몸이지만
쓸쓸한 내 마음을
달랠 길 막연한데
초겨울 내린 비에
오한이 나는 구나

추풍의 나뭇잎

미풍에 떨어지는
가여운 나뭇잎아
사월에 태어나서
오월에 싱그럽고
참매미 그대 품에
즐겁게 노래했지

산소를 생산하여
값없이 선사하고
뿌리를 깊게 내려
홍수를 막아주며
더운 날 그늘 지워
시원케 해주었지

가을이 돌아오니
비단옷 갈아입고
오가는 사람들의
심금을 울려주고
그대가 가진 것을
다 주고 떠나가네

천지만물

어제는 구름파도
바다가 되었더니
오늘은 넓고 넓은
전시관 되었구나
꽃구름 양떼구름
짝지어 떠다니네

오월의 싱그러움
흰 구름 따라가고
추석 후 나뭇잎은
시들어 힘이 없네
열매는 풍성한데
어딘가 허전하다

은행은 가지마다
황금 옷 갈아입고
늘어진 감나무와
문 열린 알밤들은
하늘을 쳐다보며
감사의 인사 하네

고마운 자동차

지게를 벗어놓고
서울로 올라와서
자동차 운전한 지
어언간 사십삼 년
비바람 눈보라에
핸들과 씨름하며

봄꽃도 손님 덕에
단풍도 손님 덕에
가족의 생명수도
모두 다 손님 덕에
자식들 출가하여
중년이 다되었네

고마운 자동차와
더불어 흐른 세월
추운 날 따뜻하게
더운 날 시원하게
고령에 돌아보니
차군아 고맙구나

여보게 친구

거대한 지구별은
쉼 없이 돌아가고
봄꽃은 떨어지고
단풍에 낙엽이라
억새가 와삭와삭
흰머리 휘날리네

물같이 바람같이
흐르는 세월 속에
정든 잎 하나둘씩
떨어져 날아가고
저 하늘 구름같이
떠돌다 가는구나

못 잊을 그대들아
지금은 어느 곳에
아직도 살아있나
아니면 돌아갔나
금잔디 동산에서
뛰놀던 친구들아

옛 것은 가고

스산한 산바람이
쓸쓸히 불어오고
가랑잎 떨어져서
비탈길 굴러가며
힘없이 정처 없이
산속을 헤매 도네

해거름 기러기들
울면서 날아가니
아파트 단지 위에
점점이 떨어지고
중랑천 모래 위에
가을이 스며드네

마들의 황금물결
세월의 뒤안길로
지주는 사장되어
뒷좌석에 앉아있고
달리는 자동차에
황금빛 물이 드네

배추의 외출

고향을 떠나올 때
이별도 서러운데
낯설은 도시에서
가슴은 두근대고
날씨가 추워지니
마음이 조급하네

몸매가 맘에 들고
멋있게 잘생겼어
너 오늘 나를 따라
우리 집 같이 가자
처음 본 사모님이
재수가 좋다 하네

낡은 옷 벗어놓고
깨끗이 목욕하고
비단옷 갈아입고
김 나는 방 안에는
봄바람 불지 않고
찬바람만 부는구나

순한 분 오셨으면

춘삼월 떠나가서
팔 개월 잠을 자고
동장군 출두하니
손발이 시려오네
소 대설 동반하고
좌정을 하는 장군

입김에 강이 얼고
휘파람에 눈이 날려
찬바람 토해내니
지면이 얼어붙고
겨울철 동장군은
참으로 무섭구나

눈 오고 미끄러워
언덕길 역행하니
노약자 외출하다
넘어져 몸 다쳤네
겨울에 동장군은
순한 분 오셨으면

여행

해남의 바닷바람
온몸으로 맞으며 자랐고
보름달이 떠오르면
달구경을 하였지
큰 트럭을 타고
서울로 올라왔다

고층건물이 소나무
숲같이 들어섰고
자동차는 파도처럼 밀려왔다
미모의 사모님이 데려가서
화장을 시켜 이름을
김치라고 불렀다

불꽃 위에 냄비를 올려놓고
돼지고기와 섞어
비지땀이 나도록 달달 볶아
그들이 삼켰다
냄비에 매화꽃을 그려놓고
그들 뱃속에서
고향 갈 날을 기다리는 중이다

가구의 일생

한평생
주인 위해 젊음은 흘러가고
늙어서
병이 들어 쓸모가 없는 몸은

온몸을
불태워서 한 줌의 재를 두고
소각장
굴뚝 타고 말없이 날아간다

그대를 만나서 편하게 살았는데
한 줌의
재를 두고 허공으로 사라지니
그동안 들은 정에 허전한 마음 크네

바람에 부탁하렴

한길에 앉아있는
설군아 일어나라
순백의
깨끗한 몸
오염이 되겠구나
발 펴서 품위손상
찻길엔 교통방해

구름을 타고 돌며
허공을 떠도니
지구의
물정에는
깜깜해 모르리라
동산에 내려오면
환호의 젊은이들

차도나 보행로는
반기지 아니한다
떠돌다
내려올 때
바람에 부탁하렴
찻길도 보행로도
비켜서 내리라고

가는 세월 오는 세월

한 해의 모든 일이
하룻밤 새고 나면
작년의
지난 일로
무조건 넘어간다
무거운 짐을 지고
쉬 넘는 달력이여

기쁜 일 슬픈 일도
세월의 뒤안길로
오래전
조상들도
그렇게 살았듯이
올해는 넘어가고
새해가 떠올랐네

내 어찌 그대들을
막을 수 있겠는가
흰머리
잔주름아
너 거기 서 있어라
할 일이 태산인데
왜 자꾸 쫓아오나

등불 없는 노점상

어둠이
내려앉은
상계역 뒷골목에
노점상 좌판 위에 생선이
누워있네
고등어 명태와 엮어놓은 양미리
생기 없는 눈을 뜨고
고향을 그리워하네
담 너머 건물 헐려
전기는 끊어지고
대한의 추위 속에
세밑이 차갑구나
어두운 구석에서 자는 듯
앉아있는
생선도 할머님도
오늘 밤은 유난히
어두워 보이네

토란

주차장 뒤쪽에다
토란을 모종하고
통으로
물을 퍼서
정성껏 뿌려주며
모종이 잘 살도록
보살펴 주었더니

큼직한 잎사귀로
모종이 변신하여
해 뜨면 양산으로
비 오면 우산으로
명절에 주인 상에
올라갈 준비 하네

여름이 지나가니
뒤뜰에 가득하다
옛날에 엄마 품에
조그만 귀염둥이
지금은 성장하여
옛날이 생각나네

5
시인이 보듬은 나라

가축이 떠나가고
쓸쓸한 빈 우리에
농부의 한숨 소리
농장이 들썩하고
텅 비인 가슴에는
안개만 자욱하다

장맛비

먹구름 바람 타고
태양을 막아서서
번갯불 번쩍하며
그들이 떨어져서
산에도 들녘에도
소리가 요란하다

골짜기 도랑마다
모여서 춤을 추며
황토 빛 물이 들어
한강에 넘실대고
수많은 쓰레기가
이사를 가는구나

수자원 넉넉하여
부족함 면했지만
낮은 곳 거주하는
서민은 주름지고
천둥과 태풍 속에
여름이 지나가네

황사

황색의 괴물들이
산으로 날아와서
그들이 모여들어
희미한 산등성에
진달래 얼굴에
황토분이 웬 말이냐

머리도 없는 것이
허락도 받지 않고
우리의 금수강산
다 장악 하였구나
총칼도 겁 안 내고
배짱도 두둑하네

거실에 들어와서
멋대로 누워있고
외출도 그 때문에
마음대로 못했는데
소낙비 매를 맞고
그들은 물러갔다

금값이 동값 된 배추

제대로 성장 못 해
볼품은 없지마는
어쩌다 시절 좋아
금값이 되었구나
먼저 간 형님들은
호시절 만났는데

구월은 일만 오천
십일월 구백구십
금값은 사라지고
동값도 어렵겠네
추풍에 떨어지는
낙엽의 신세로다

주인은 한숨 속에
연기만 자욱하니
몸값이 회복되길
주야로 기다리며
오늘도 푸른 하늘
힘없이 쳐다본다

호국영령

육이오 남침으로
한반도 포성 소리
공휴일 평화롭던
남한의 놀란 가슴
지난날 포성 소리
또다시 들리는 듯

산에서 바다에서
피 흘린 국군 용사
불바다 조국 지킨
호국의 영령들이여
순국한 영령 앞에
머리를 숙입니다

전쟁 중 깊은 상처
치료도 안 됐는데
천안함 폭침되어
장병들 순국했네
북녘땅 지도자는
슬픔을 모르는가

월드컵 태극전사

산 설고 도시 설은
머나먼 타국에서
십육 강 확정되어
선수들 사기충천
춤추는 붉은악마
가슴 벅찬 우리나라

밤새워 응원 인파
붉은 티 물결치네
맥주로 목축이며
고함 소리 밤은 깊고
빗방울 떨어져도
응원 인파 늘어나네

술 취해 경기 취해
거리는 흔들흔들
비 맞고 땀 흘리며
승리한 태극전사
늠름한 그 모습에
국민은 감탄한다

순국한 영웅 사십육인

꽃 같은 청춘들이
국가에 부름 받아
천안함 승선하여
망망대해 파도 타고
바다를 수호하다
군함이 피격됐네

북한이 군함에다
어뢰를 발사했네
언젠간 그 사람도
죄책감 느꼈으면
바다도 슬퍼하고
하늘도 한숨 쉰다

애타는 가슴에는
화산이 폭발한다
최첨단 군함배치
재발을 방지하고
북한의 전쟁광기
잠들면 좋겠구나

침몰된 천안함

천안함 부상당해
물속에 쓰러졌고
장병들 수십 명을
구조는 하였으나
병원에 입원하여
회복을 기다리네

도움이 구조함들
사방에 모여들어
장병들 구하려고
잠수부 동원해도
백령도 바다 밑은
너무나 험하구나

한주호 잠수하여
실종자 찾으려다
수심이 사나워서
장병은 순직했네
태풍은 물러가고
바다여 잠잠 하라

천안함 침몰 원인

북한이 어뢰발사
세상에 이런 일이
똑같은 민족이라
곡식을 나눠주며
도움을 주었는데
어뢰가 웬 말이냐

또다시 상처 입혀
아프게 하는구나
국민은 굶주려도
전쟁준비 광분하니
야속한 이념들이
나라를 다 망치네

동족을 살육하니
어찌 아니 슬플까
초록색 나뭇잎은
싱그러움 넘치는데
북녘땅 하늘에는
어둠이 짙어진다

낙산사에서

낙산사 관음상은
해풍에 땀 식히고
앞에는 유리제단
촛불이 가득하고
시원한 샘물에는
쪽박이 분주하네

연못에 연꽃잎은
물 위에 잠이 들고
잉어는 사람구경
사람은 잉어구경
소원을 빌며 던진
동전이 빛이 나네

의상대 앞에는
끝없는 푸른 바다
아득한 수평선은
하늘과 입 맞추고
파도는 밀려와서
물거품 남는구나

의상대

관객은 수돗가에
갈증을 해소하고
낙산사 넓은 경내
스님은 간혹 있고
사찰을 돌아보는
관객이 줄을 섰네

의상대 푸른 바다
가슴이 시원하고
쉼 없이 밀려오는
파도가 장관일세
갈매기 노랫소리
바다에 구성지고

청명한 가을 하늘
바다에 떠있으니
구름은 파도 타고
흥겨워 춤을 추네
동해안 명승지는
낙산산가 하노라

병에 죽고 얼어 죽어

불쌍한 짐승들이
땅속에 파묻히고
딸기도 토마토도
얼어서 떨어지고
농부는 허탈하여
겨울이 두렵구나

양식장 어부들은
물고기 얼어 죽고
동사한 물고기는
판로가 막연하네
겨우내 키운 것이
결실이 허무하다

지구의 기온변화
농수산 힘들어라
하우스 재배농가
시름이 짙어지고
물가는 날개 달고
하늘로 올라가네

눈물에 연평도

북한에 방사포탄
별안간 날아와서
한평생 쌓은 탑이
일순간 무너졌네
뒷산도 불바다요
생지옥 따로 없다

새파란 해병 청년
둘이나 하늘나라
공사장 작업하던
민간인 사망했네
악몽의 피난길이
꿈이면 좋으련만

평온한 연평도에
불바다 만든 북한
빈손에 피난 가는
기막힌 현실 앞에
여객선 부두에서
쌍고동 슬피 운다

가축이 살던 자리

산등성 나무 아래
흰 눈은 잠을 자고
산새는 노래하고
농부는 여물 주네
구유와 닭장에서
먹이를 먹던 가축

구제역 병이 들어
전염병 확산하니
오리도 병이 들고
돼지도 병이 들어
땅속에 끌어 묻는
농부의 아픈 가슴

가축이 떠나가고
쓸쓸한 빈 우리에
농부의 한숨 소리
농장이 들썩하고
텅 비인 가슴에는
안개만 자욱하다

죽어간 가축들

전국에 확산하는
전염병 감염되어
겨울에 땅속에다
기르던 가축들을
모두 다 묻고 오는
주인의 아픈 가슴

큰 눈을 껌벅이며
바라보던 그 모습
가축이 떠나가고
빈자리 쓸쓸한데
마음이 추운 날에
날씨도 쌀쌀하네

소 돼지 백만 마리
살 처분 되었으니
엄마소 송아지 찾는
해거름 황금울음
그때의 그 시절이
언제나 또 오려나

한가위 물폭탄

추석이 내일인데
별안간 물폭탄이
서울시 서부지역
많이도 쏟아져서
전국에 물난리에
명절은 사라졌고

주방에 그릇들이
두둥실 떠다니고
물속에 가전제품
기능이 폐기됐네
인생이 살아가며
고난의 높은 언덕

애타는 수재민들
밝은 빛 비췄으면
한가위 둥근 달은
달빛이 흐려졌고
자연의 힘 앞에선
인생은 티끌 같네

칠월 이십칠일 물폭탄

대치동 거리에는
흙탕물 밀려들어
도로가 황토물로
주인이 바뀌었고
낮은 곳 건물마다
들어가 앉아있네

우면산 산사태에
십육 명 사망하고
낮은 곳 가던 차들
배 되어 떠있구나
버스도 배가 되어
노 없이 떠다니네

끝없는 물폭탄에
한숨이 태풍 되네
서울에 사십오 년
내 생전 처음 보네
중장비 수해복구
큰일을 하는구나

다 같이 봄 향기를

지면이 갈라지고
바닷물이 일어서서
마을을 송두리째
휩쓸고 지나갔네
별안간 변을 당한
불쌍한 영혼이여

한 맺힌 영혼들의
명복을 빌어준다
일본의 국민들은
기막힌 어려움에
침착한 공동의식
본받을 국민이여

어려운 일본국민
힘 모아 도와주자
원전을 복구하여
지구촌 국민들과
따뜻한 봄 향기를
다 함께 맡았으면

G20 정상회담

동양의 작은 나라
회담장 모여 앉자
산 같은 난제들을
평지로 만들려고
머리를 마주하고
협상을 하고 있다

이십 개 국가 정상
태평양 날아와서
정상들 회담 중에
어려운 대목에서
욕심을 접느라고
고뇌가 심하구나

정상들 이해 속에
협상이 잘됐으면
봄바람 같은 협상
가을의 하늘같이
곳간에 알찬 결실
귀 열고 기다린다

가축들 살 처분

산채로 사라져 간
불쌍한 그대들아
온몸을 아낌없이
인류에 희생한 몸
보내는 마음들도
눈뜨고 밤이 새네

대대로 몸바쳐서
주인께 순종하고
인류의 건강 위해
살아온 세월이여
살 처분 땅속에서
주인을 원망 마라

먼 훗날 연구원이
치료약 만들어서
오늘의 불행한 일
잠재울 것이로다
텅 비인 농장 안은
달빛도 차가워라

태종대 앞바다

태종대 관광선은
푸른 물 헤쳐가고
바다에 주전자
섬 우뚝 서 바라보고
파도는 뱃머리에
몸 던져 부서지네

무열왕 쉬던 바위
이끼만 무성하고
망부석 처량하게
가신님 기다리네
전망대 앞에서니
파도만 슬피 운다

벼랑 끝 자살바위
죽어간 영혼들아
동백섬 꽃피거든
그대 맘 달래보렴
오륙도 돌아가는
관광선 가물가물

호국보훈의 달

아~아 잊으랴
어찌 우리가 잊으랴
피 끓는 장병들의
순국의 비명소리
지난날 총포소리
귓전에 들리는 듯
성벽에 여기저기
총탄에 파인 자리

용감한 국군 용사
적군을 무찌르고
피 흘려 지킨 조국
가신님 그리워라
임들의 덕분으로
조국은 부강하여
풍족한 먹을거리
의복도 넉넉한데

못 입고 굶주리며
피 흘린 임들이여
당신을 생각하면

눈물이 앞섭니다
한 편의 시로서는
부족함 많지마는
당신을 생각하며
지은 시 호국보은

삼호주얼리호

항구를 떠나오며
파도와 벗을 할 때
갈매기 노래하는
소말리아 근해에서
해적이 침범하여
자유를 구속하네

뱃머리 부딪치는
파도소리 처량하고
고국에 부모처자
그리워 애태우네
언제나 풀려날지
두려운 밤이 가네

유디티 해적소탕
자유의 몸이 됐네
용감한 국군 용사
대한의 아들들아
국민은 감격하여
눈시울을 적신다

2018년 평창 동계올림픽 유치

부엉이 우는 산골
평창에 경사났네
메밀꽃 피던 곳에
올림픽 유치확정
평창에 유치 위해
땀 흘린 각계각층

조국의 영광 위해
바다를 날아 건너
대통령 주무장관
김연아 삼성회장
수고한 땀방울이
열매로 영글었네

흰 눈이 경기장에
수북이 쌓이면은
참가한 선수들은
날개가 돋치겠고
선수들 함박웃음
귀밑에 걸리겠네

경제가 걱정되네

그리스 이탈리아
유럽은 금융위기
미국의 신용등급
하향이 걱정되네

증권은 폭포처럼
급하게 추락하고
움츠린 증권가는
여름에 떨고 있네

장맛비 태풍피해
지출금 많아지고
급식에 등록금에
국고가 걱정되네

눈 쌓인 영동지방

백설이 산과 들에
많이도 내려와서
힘없는 지붕들은
무너져 내려앉고
앞산의 언덕길은
스키장이 되었네

나무는 순록 되어
마을을 바라보고
수많은 순백 입자
마을은 섬이 됐고
식수가 부족하여
헬기로 공수받네

자동차 길을 막고
행인의 길도 막아
천지가 은색이니
길 찾기 어렵구나
사월아 빨리 와서
설군을 데려가라

호명호수 위령탑

초겨울 찬바람이
코끝을 스쳐 가고
단풍잎 떨어져서
미래의 꿈을 꾸고
앙상한 나뭇가지
흐느껴 울고 있네

정상에 올라가니
거대한 호명호수
반갑게 미소 지며
율동을 하는구나
산 아래 산맥들은
잘 그린 그림 같네

위령탑 앞에 서니
공사 중 순직사원
훌륭한 재능으로
산 위에 푸른 호수
가신님 그리면서
영원히 푸르리라

청계천에 피는 꽃

대학생 등록금이
과하다 소리치니
모기와 불나방이
구경 차 얼씬대고
잠자던 잉어들은
놀라서 허둥대네

그 꽃이 아름다워
진정한 구경인가
나라는 부강해도
그늘은 아직 많고
묵묵히 산을 향해
걷는 이 많이 있네

황혼에 새벽길을
여는 이 한둘인가
적당히 꽃을 피워
적절한 열매 맺어
결실을 거두기를
손 모아 기다린다

변해가는 기후

호우와 산사태로
하천은 범람하고
가옥이 침수되어
고통이 심하구나

태풍은 주택파괴
바닷물 일어섰고
하수구 역류하니
교환이 시급하네

세월이 흐를수록
기후는 변해가고
재산과 인명피해
늘어만 가는구나

정직이 일어날까

옛날엔 나물밥도
끼니를 걸렀었고
의복이 남루하여
몹시도 추웠었지
지금은 음식풍년
따뜻한 의복풍년

어두운 상거래에
허기져 쓰러지고
눈감고 받아먹고
어둠에 번뇌하고
검은 손 뒷거래에
서민은 주름지네

정직은 어디 가고
거짓이 판을 치나
전화로 물건으로
서민의 등을 치네
언제쯤 예의도덕
정직이 일어날까

못다 한 효도

　내가 태어난 강원도 평창군 용평면 속사리는 물 맑고 공기 좋은 곳이었다.

　초등학교 삼 학년 때 부친과 이별하고, 나보다 열 살 위인 형님과 다섯 살 위인 누님, 여덟 살 아래인 여동생과 어머님 다섯 식구가 보릿고개 힘든 삶을 살아가게 되었다. 초등학교 육성회비를 내지 못하여 툭하면 앞에 불려 나가 독촉을 받을 때는 너무나 창피했다.

　그럭저럭 산나물을 뜯어 감자와 옥수수밥에 섞어 먹고 간신히 하루하루 배고픔을 참고 농사일에 몰두했다. 삼사월이면 그나마 식량이 떨어져 부잣집에 가서 장리쌀을 빌려서 먹고, 가을이면 쌀 한 말 빌린 곳에 반 말을 더하여 갚아 드리며 어렵게 살아가던 중 열네 살이 되던 해에 형님이 육군에 지원해 갔다. 나는 눈앞이 캄캄했다. 소 몰아 논과 밭을 갈아야 씨앗을 심는데 걱정이 태산 같았다.

　그런데 사람이 죽으란 법은 없나 보다. 사촌형님 네와 같이 씨앗을 밭에 심을 수 있어서 다행이었다. 여름내 온 가족이 매달려 곡식을 가꾸어 가을에 적으나마 추수를 할 수 있었다. 이른 새벽부터 밤늦게까지 과중한 짐을 져 나르고 나니 허기진 배에 코피까지 흘러 세수를 하고 하늘을 쳐다보면 어지럽고, 머리가 아프며 정신이 멍했다. 언덕 밭이나 산 고개를 짐을 지고 넘나드니 몸은 점점 더 쇠약해졌다. 어머님은 걱정하시며 눈시울을 적셨다. 농사일이란 계절 따라 할 일을 하지 못하면 가을에 수확이 줄어든다.

나는 장정들이 하는 일을 못하기 때문에 달이 뜨는 밤이면 잠 안 자고 감자 심을 밭에 거름을 져 날랐다. 잠시 눈을 붙이면 또 아침이 밝았다. 신발도 떨어져서 벗겨지기 일쑤인데 옷까지 떨어져서 무릎이 나왔다. 먹을 식량도 부족하고 신발과 옷 살 돈이 없어 여름에는 맨발로 다니고, 친척 형들이 입던 옷을 얻어다 입으며 힘들고 가난한 처지를 차마 어머님 앞에서 내색은 못하고 중천에 뜬 달을 보며 마음을 달래고, 하나님께 기도를 드리며 내 마음을 위로 했다. 밤이면 부엉새 구슬프게 울고, 쭉쭉 새는 내 처지를 안타깝다고 밤새도록 울어댔다. 먼동이 트면 샘물 한 바가지를 마시고 지게를 지고 밭으로, 산으로 흐른 세월이 삼 년이 흘러가고 형님이 군 복무를 다 마치고 제대하여 돌아왔다.

기쁨도 잠시 나는 남의 집에 머슴살이를 가게 되었다. 동네 아들은 없고 딸만 한 명 있는 한 씨 댁에서 일 년에 쌀 세 가마니를 받기로 하고 갔다.

주인집 어른들은 마음이 참 좋았다. 그 댁에 일을 책임지고 하러 간 나는 항상 열심히 해야 한다는 생각으로 일했다. 힘들고 지쳤을 때는 청아한 산바람이 소나무 숲에서 나와 내 얼굴을 어루만져 주었다. 나비는 살랑살랑 춤을 추어 주었고, 산새들은 지지배배 노래 불러주었다.

운두령에서 흘러내려온 맑은 물을 따라 물고기가 헤엄쳐 가듯 세월은 흘러 삼 년이 지나가고 힘든 농사일을 하는 동안 내 몸은 점점 약해져서 더는 머슴살이를 못하게 되었다.

뻐꾹새가 유난히 구슬프게 울던 어느 해 봄날, 서울에 가면 일자리도 많고 쌀밥도 실컷 먹을 수 있다는 말을 듣고 아카시아 꽃향기 진동하는 가로수 길로 시외버스를 타고 서울로 향했다. 흙먼지가 자욱이 일어나는 고향 마을을 뒤돌아보며 눈에서 닭똥 같은 눈물이 흘러내려 뿌연 고향 집 마당에 계실 어머님의 모습을 더듬으며, 잠시 후 밥상을 차려 놓고 아들을 찾아 헤맬 어머님을 생각하니 숨이 멎을 듯 가슴이 답답하고 애가 끓었다. 다시 한 번 굳게 입을 다물고 머리를 세차게 흔들었다.

"서울로 가야 한다. 돈을 벌어 어머님 편히 모시고 쌀밥에 고등어자반 많이 사드려야지."

울고 우는 시간에 버스는 비포장 길을 달려 망우리 고개를 굽이굽이 돌아내려가고 있을 무렵 멀리서 깜박이는 네온사인 불빛을 생전 처음 보는 순간 가슴이 두근거리며 갑자기 외롭고 서러웠다. 때마침 라디오에서는 '고향의 봄' 노래가 흘러나와 나는 왈칵 뜨거운 눈물이 흐르기 시작했다. 낯선 서울의 차가운 밤하늘 아래 오늘 밤은 어디서 노숙을 해야 하나 가진 것이 몇 푼 안 되니 더욱 서러웠다.

나는 청량리 어느 건물 밑에서 웅크리고 잠을 청했지만, 취직을 할 걱정을 하니 잠이 잘 오지 않았다. 다음날 일자리를 구하기 위해 주차장으로, 공장으로 찾아다녔지만 취직이 그리 쉬운 게 아니었다. 나는 체면을 접어두고 고모님 댁을 찾아가 머물면서 머슴살이 하며 받은 쌀을 팔아 돈으로 부쳐 달라고 고향 집에 편지를 보냈다. 그 후 동일자동차학원 속성 제9기 생으로 졸업하고 면허증을 취득하여 택시기사로 취직했다. 구름에 달 가듯 흐르는 세월 속에 하나님은 나에게 행운을 가져다주셨다. 미모의 여성과 연애 끝에 아내로 맞이하여 여덟 평짜리 집에서 일남삼녀를 낳고 살며 부지런히 돈을 벌어서 조금 더 큰 집을 사고 어머님을 모셔 오려고 마음을 먹었다.

그러던 어느 날 택시 운전을 하고 들어오니 형님이 병이 나신 어머님을 모시고 집에 와 계셨다. 다음 날 병원에 갔더니 자궁암 삼 기라는 의사선생님 말씀에 눈앞이 캄캄했다. 한양대학병원 의사는 우리 형제를 아래위로 훑어보았다. 다 떨어진 의복에 등에 구멍이 난 운동화를 보시더니 하시는 말씀은 돈이 있으면 일본에 가서 방사선 치료나 받아보라고 했다. 일본 갈 비행기 요금도 없는 우리 형제는 말없이 고개를 푹 숙였다. 담당 의사선생님은 앞으로 사 개월밖에 못 사실 거라고 했다.

그 후 어머님의 병간호를 위해 고향에 갔다. 여러 날이 지나고 보니 밭에 풀이 너무 많이 자라서 풀을 뽑지 않으면 옥수수가 자라지 못할 것 같아 병간호는 여동생에게 맡기고 옥수수밭에서 김을 매는데 여동생이 급하게 뛰어오며 소리쳤다.

"어머님이 이상해요!"

나는 호미를 내던지고 질풍같이 뛰어갔더니, 어머님께선 '어디 갔다 이제 오냐.'는 마지막 말 한마디 남기시고 운명하셨다.

그날 이후 불러도 대답 없는 어머님을 그리며, 어버이날 라디오에서 선행사례 같은 방송을 들으면 눈물이 하염없이 쏟아져 나오곤 했다.

그 후 삼십팔 년 살아오며 가난은 흐르는 세월 속에 묻어 버리고 일남삼녀 키워 출가시키고 안정된 생활 속에 살다 보니 가족회식 때마다 어머님 생각이 났다.

시인 등단을 했을 때 어머님 산소 앞에서 음식을 차려 놓고 자갈밭에 잡초 같이 살아온 아들이 하나님 은혜로 시인이 되었다고 어머님께 고했다.

'어머님이 살아 계셨으면 장하다, 내 아들아 하시며 안아 주셨겠지. 험한 세상 가시밭길을 가던 내 아들이 시인이 되었다고 동네방네 다니시면서 얼마나 자랑하시며 기뻐하셨을까?'

그날은 땅도 울고 하늘도 울고, 어머님 산소 옆에 새들도 울었다. 제2시집 『싱그러움 속에서』의 출판기념식을 할 때 축하 시 「어머님에 대한 시」 낭송을 들으며 사회 보는 김성일 선생님도 울먹이고 나는 한없이 눈물을 흘렸고, 하객들도 울었다.

옥수수나 감자밥도 배불리 못 드시고 나물밥으로 허기진 배를 채우시며 쇠고기는 평생 한 번도 맛보지 못한 어머님, 저를 키우시고 평생 일만 하다 돌아가신 어머님, 지금은 우리나라도 의료 수준이 높아서 암도 조기에 진단을 받으면 완치될 수 있지만 삼십팔 년 전 어머님을 돈이 없어서 병원에 입원치료도 해 드리지 못해서 가슴이 아픕니다. 못다 한 효도에 어머님 전 너무 죄송해서 어떻게 해요!

눈물, 시인 그리고 시에 대한 명상

박성배(한국문인협회 부이사장)

1.

김석규 시인은 애초부터 시인이 되려고 시를 쓴 분이 아니다. 평소에 시를 즐겁게 쓰다 보니 자연스럽게 시인이 된 분이다. 그 간단한 내력은 이렇다. 김석규 시인은 시인이 되기 전, 개인영업용 차를 운전하면서 주체할 수 없는 시심을 운율에 맞춰 적기 시작했다. 그는 자기의 시선이 머무는 자연과 사람들의 삶의 모습들을 시로 써서 승객들에게 들려주곤 했다. 그러던 어느 날 모 대학교수가 택시를 탔다가 김석규 시인의 시를 보고 이런 시가 몇 편이나 되느냐고 물었고, 많이 있다고 하자 시집을 내자고 하여 그 후 시집을 내고 시에 대해 공부도 하면서 본격적인 시인이 되었다. 서두에 이런 내력을 간략히 든 것은 김석규 시인이 시 창작을 얼마나 좋아하고, 즐기며, 적극적인가, 그리고 시 창작 활동이 그의 생활에 활력소가 되고 있는지를 말하고자 위함이다.

그는 시를 만들어 항아리에 담는 시인이 아니라 옹달샘에서 물이 퐁퐁 솟듯 그의 마음속에서 시가 솟아나는 시인이다. 임금이 만진 것마다 황금으로 변한다는 동화처럼 김석규 시인이 보고 듣고 만진 것들은 바로바로 시로 변한다. 노원문인협회에서 문학기행을 다녀오거나 어떤 행사가 있은 후에는 가장 먼저 김석규 시인의 시가 발표된다. 가정의 행사나 국가적인 큰일이 있을 때도 마찬가지다. 계절의 변화가 있을 때도 마찬가지다. 말하자면 김석규 시인의 시심(詩心)의 안테나가 삶의 흔적들을 놓치는 법이 없다. 이렇게 열심히 쓰기 때문에 그가 등단한 이후 거의 1년에 한 권의 시집을 낼 수 있었던 것이다. 이는 김석규 시인의 시 창작 활동이 특별한 것이 아닌 그의 일상임을 보여 준다.

텔레비전에서 달인을 소개하는 프로그램이 있다. 만두를 만든다거나 봉투를 접는다거나 무거운 짐을 나르는 일 등 다양한 일에서 시청자들의 눈으로 봤을 땐 신기에 가까울 정도로 놀라운 솜씨를 발휘하는 사람들을 소개하고 있다. 그러나 막상 그 일을 하는 달인의 입장에서는 놀라운 솜씨라기보다는 즐겁게 일하는 자연스러운 일상일 뿐이다. 그런 의미에서 김석규 시인은 진정한 이 시대의 시 창작 달인이라 할 것이다.

2.

김석규 시인의 다섯 번째 시집의 제목은 『눈물 많은 시인』이다. 이 제목은 시인 자신이 생각한 것이 아니다. 시집을 내겠다고 하였을 때 시를 보던 노원문인협회 몇 회원들이 생각하여 권한 제목이다. 그런 의미에서 필자는 '헌제(獻題)'라는 말을 쓰고 싶다. 평소에 올곧고, 정이 많으며, 봉사 정신이 강하고, 겸손한 김석규 시인을 가까이서 보아온 문우들이 기꺼이 축하하며 선물한 제목이기 때문이다.

실제로 김석규 시인은 눈물이 많은 사람이다. 머슴을 살았던 청년 시절을 이야기하다 눈물을 훔치고, 효도를 못다한 어머님 이야기를 하다가 눈물을 흘리고, 참 아름다운 경치를 봐도 눈물을 흘린다. 가족끼리 모인 부인 최행순 여사의 회갑 잔치에서도 축시를 낭독하다가 눈물바람을 해서 사위가 대신 읽기도 했다고 한다. 노원문인협회가 사무실을 옮기면서 사무실에서 사용할 컴퓨터가 없으니 헌 컴퓨터가 있는 분은 기증해 달라는 사무국장의 글을 보고 문인들의 처지가 딱해서 눈물을 흘리면서 선뜻 노트북 살 기금을 내기도 했다. 우리들의 의식 속에 조상 때부터 전이되어 온 생각으로는 남자는 일생 세 번 운다고 했다. 이 말은 남자는 울지 말아야 한다는 말이기도 하다. 그러나 남자에게 울지 못하게 하는 것은 정신적인 감옥에 처하는 것이나 다름없다. 아무짝에도 쓸모없는 권위의식과 허위와 비굴한 남자를 만들어낸다. 진정한 용기가 있는 자는, 그리고 진정한 시인은 눈물이 많아야 한다. 그러나 눈물은 억지로 흘릴 수 없다. 아무나 쉽게 울 수도 없다. 운다는 것은 특별한 능력이기 때문이다.

양파 껍질을 까다가 흐르는 눈물은 인간의 감정에 의해

서 오감이 동원되어 흐르게 되는 눈물과는 전혀 질이 다르다고 한다. 사람은 고통, 상실, 비애, 슬픔, 좌절, 고뇌, 분노, 안타까움 등이나 사랑, 기쁨, 감동, 감사, 즐거움, 깨달음, 희망, 친절, 놀라움, 경이로움, 고마움, 아름다움, 환희, 동정, 등의 감정을 가장 순수하고 진실하게 표현하는 방법으로 눈물을 흘린다고 한다. 그런데 이렇게 울고 난 사람의 88.8%가 기분이 더 나아졌다는 연구 결과가 있다. 눈물은 인간 내부에 갇혀있는 감정과 정신적인 스트레스를 쏟아내는 감정의 시냇물인 셈이다.

눈물은 심근경색이나 동맥경화를 유발하는 '카테콜아민'이라는 호르몬을 밖으로 배출하는 등 신체 건강에도 탁월한 효과가 있어서 현대인들에게 '웃음치료'와 더불어 '눈물치료'의 필요성이 점차 확산되고 있다. 암 전문의 이병욱 박사는 『울어야 삽니다』라는 저서에서 웃음을 파도에 비유한다면 눈물은 해일이라고 했다. 정리하자면 흐르는 눈물은 신체와 정신을 건강하게 한다. 눈물을 흘리는 것은 인간의 감정을 솔직하고 용감하게 표현하는 방법이며, 위선과 가식을 벗어버리는 일이다. 또한 겸손과 자신감의 표현이기도 하다. 김석규 시인은 이 감정의 시냇물이 마르지 않고 맑게 흐르는 건강한 시인이다. 혹자는 눈물을 흘리다 보면 자기감정에 빠져서 헤어나지 못하는 센티멘털리즘(sentimentalism)에 빠지지 않나 걱정할 수도 있다. 센티멘털리즘에 빠지면 어느 한 고정적인 감정이라는 수렁에서 빠져나오지 못하고 허우적거리게 된다. 그러나 김석규 시인의 시는 햇살처럼 밝다. 그리고 맑다. 불건전한 감정은 찾아볼 수 없다. 시의 발걸음도 가볍다. 이는 김석규 시인이 눈물을 흘리고 침체되는 것이 아니라 좋은 에너지를 발산하기 때문이다. 눈물을 흘린 후 더 사랑하고, 눈물을 흘린 후 더 돕고, 눈물을 흘린 후 더 감사하는 그의 생활이 건전한 감정을 유지시키는 것이라고 본다.

3.

시인이 시를 창작하는 자세나 그 시인만이 갖는 시풍(詩風)도 사람의 얼굴이나 성격의 다양함처럼 다양하다. 따라서 시를 감상할 때는 그 시인의 개성을 인정해 주고 귀하게 여겨야 한다는 차원으로 접근하게 된다. 김석규 시인의 시를 대하면 한마디로 사무사(思無邪)로 요약하게 된다. 시에 대하여 이야기할 때 누구나 짚어보고 갔을 이 말은 『논어(論語)』의 위정편(爲政編)에 수록된 '자왈 시삼백 일언폐지 왈사무사(子曰 詩三百 一言蔽之 曰思無邪)'에서 나온 말로 공자가 『시경(詩經)』의 삼백 편의 시를 한 마디로 말하여 '사악함이 없다.'고 한 것이다.

눈물로 정제된 김석규 시인의 시들은 이 '사무사(思無邪)'를 분명하게 드러내고 있다. 그의 시들에는 정감이 넘쳐나고 인간의 순수함이 깃들어 있다. 그래서인지 주변에서 김석규 시인의 시를 좋아하고 감동하는 독자들이 많다. 김석규 시인은 시를 읽은 독자에게 초대를 받아 대접을 받은 경험도 많다고 한다.

그의 시들을 보면 언뜻 시조가 아닌가 하는 생각을 할 수도 있다. 필자도 그런 생각을 하고, 언젠가 김석규 시인에

게 시조 형식을 의식하고 시를 쓰는지 물은 적이 있다. 김
석규 시인은 운율이 좋아서 쓸 뿐이지 절대 시조가 아니라
고 했다. 김석규 시인의 시들은 3·4조 위주의 음수율이다.
3·4조 위주의 음수율은 읽으면 절로 노래가 되는 특징이
있다. 말하자면 가락의 흥을 더해준다. 이는 김석규 시인의
시를 쓰는 마음을 그대로 보여주고 있다. 시를 쓰는 즐거움
과 행복이 철철 넘쳐 자연스럽게 3·4조 위주로 노래하게
된 것이다. 조선의 가사문학인 성산별곡, 사미인곡, 속미인
곡, 관동별곡 등이 3·4조 위주의 음수율이다.

마음에 먹은 말씀 싫도록 사뢰자니
눈물이 바로 나서 말인들 어이하며
깊은 정 못 다하여 목마저 메는구나
−정철의 「속미인곡」 중에서

뒷마당 장독대에 이끼가 두껍구나
나뭇잎 축 처져서 눈물을 뚝 뚝 뚝
참매미 노래조차 물먹은 소리로다
−김석규 시인의 「비 그친 들녘」 중에서

이렇게 가사문학을 낭송할 때의 흥겨움과 자연스런 운율
을 김석규 시인의 시에서 경험하게 된다.

4.
김석규 시인의 제5시집 『눈물 많은 시인』에는 모두 153

편의 시와 한 편의 에세이가 실려 있는데 그 중 1부는 '시인 속에 사는 자연' 으로, 자연을 노래한 시 31편을 묶었다. 김석규 시인은 자연을 있는 그대로 감상하고 노래한다. 신이 만든 자연 그 자체를 감상하는 것만으로 시인은 경이로운 세계를 보는 것이다.

청포도 송이송이 영그는 과수원길
새들은 높이 날아 칠월을 노래하고
흰 구름 떠돌다가 원두막 머물렀네

수박밭 여기저기 보름달 앉아있고
노란 꽃 봄에 피어 벌 나비 부르더니
해산한 텃밭에는 결실이 풍성하네

산들이 병풍처럼 늘어선 끝자락에
산 제비 비상하는 강 언덕 아래로는
물굽이 곡조 따라 물새가 노래하네
　　　　　　　　　　　　　　－「풍성한 칠월」 전문

　김석규 시인은 자연을 노래하면서 억지스런 기교를 부리지 않는다. 눈에 보이는 대로, 귀에 들리는 대로, 그리고 마음에 느껴지는 대로 흥겹게 노래한다. 「풍성한 칠월」의 1연을 보면 '청포도 송이송이 영그는 과수원길' 은 눈이 보이는 것이요, '새들은 높이 날아 칠월을 노래하고' 는 들리는 것이며 '흰 구름 떠돌다가 원두막 머물렀네' 는 마음에 느껴지는 것을 노래했다.

그런가 하면 작물을 심고 가꾸는 시인 부부의 부지런한 모습도 보인다.

어른의 다리 같은 흰 살결 녹색 머리
아내는 아침저녁 옥상에 올라가고
옆집의 아주머님 감탄사 쏟아지네

−「고추와 무」 일부

옥상에 고추와 무를 심고 수확하는 즐거운 마음이 담겨 있다. 김석규 시인은 이렇게 자연과 함께 사는 것이 행복한 사람이다. 그러나 때로는 자연의 이치에서 인간을 향한 교훈을 노래하기도 한다.

칼바람 지나가며 얼굴을 스쳐 가네
그대가 힘써 봐야 삼사 개월 고작인데
거하는 동안에는 인심이나 쓰고 가게

−「동장군」 일부

어떤 지위에 오르거나 작은 권력이라도 잡게 되면 그것이 마치 영원한 것이라도 되는 것처럼 만용을 부리는 사람들을 향한 따끔한 질타이다.

2부는 '시인이 행복한 노원 땅' 으로 역시 31편의 시를 묶었다. 김석규 시인은 현재 처한 처지를 긍정적으로 받아들

이고 행복해하는 시인이다. 그중에 하나가 지금 노원에서
살고 있는 것을 행복하게 여기는 것이다. 사람의 근본은 먼
저는 자기 자신을 사랑할 줄 알아야 한다. 그리고 자기 집
과 자기가 사는 고장과 조국을 사랑할 때, 결국에는 세계와
지구를 사랑할 수 있는 것이다. 자기 처지를 원망하는 사람
이 자기가 사는 땅을 사랑할 수 없을 것이다.

> 음식점 정자에서 백숙을 시켜먹고
> 나뭇잎 쳐다보며 팔 배고 누웠으니
> 청아한 산바람이 가슴에 안겨든다
> —「마당바위 유원지」 일부

　이런 시를 3·4조의 운율을 타며 읽다 보면 김석규 시인
의 행복해하는 마음이 그대로 느껴진다. 김석규 시인은 특
히 노원문인협회 이사로 누구보다도 헌신적으로 열심히 활
동을 하고 있다. 그의 행동에는 가식이 없다. 열정적이고
인간미가 넘친다. 그가 노원에 살면서 노원문인협회에서
활동하면서 마음에 맞는 문인들을 만나는 즐거움도 여러
편의 시에 담겨 있다.

> 고향을 떠나와서 가슴엔 작가 마음
> 그대가 선택되어 시어를 안았으니
> 이 세상 돌중에서 큰 영광 받았구나
>
> 수많은 삶에 자취 점점이 새겨져서

지은이 기승전결 사연도 구구절절
만인이 멈춰 서서 사색에 젖어드네

노원의 문인들이 시낭송 하옵는데
시민들 문화거리 수십 명 모여들고
석양에 지는 해는 살며시 윙크 하네
—「문화의 거리」 전문

3부는 '시인 닮은 가족'이라는 제목으로 31편의 시를 묶었다. 3부 제목은 좀 평범한 제목이랄 수도 있지만 어떻게 생각하면 특이한 제목일 수도 있다. 자기 가족을 사랑하지 않는 사람이 어디 있겠냐고 하면 평범한 제목이요, 얼마나 특별하게 사랑하기에 그런 제목을 붙였냐고 한다면 특이한 제목이 될 것이기 때문이다.

어머님 산소 앞에 헌시를 낭송할 때
시어들 꽃이 되어 산속에 피어나고
산새도 슬피 울며 시어를 감상하네
—「어머님 산소에서」 일부

김석규 시인은 어머니에 대한 효성이 참으로 지극한 분이다. 평생 일만 하다 돌아가신 어머님에 관한 이야기를 김석규 시인을 아는 사람이라면 몇 번은 들었을 것이다. 어머님 산소 앞에서 헌시를 낭송하며 눈물을 흘리는 모습이 안 봐도 환히 그려진다.

처음엔 높은 곳도 가볍게 오른 다리
자식들 네 명이나 업어서 키운 다리
지금은 자식들도 아이들 둘씩이네

다리는 건강 잃고 세월의 뒤안길로
꽃 같은 젊은 모습 험난한 세월 속에
말없이 묻어놓고 힘들어 뒤척이네

행복한 가정 위해 열심히 살은 아내
아내의 노력으로 행복을 얻은 나는
잠이 든 아내 모습 가슴이 아려온다
―「아내의 잠든 모습」 전문

　김석규 시인의 시를 가장 애독하는 독자가 그의 아내다. 노원문인협회 시낭송회에서 행복한 얼굴로 남편의 시를 낭송하는 아내의 모습을 볼 때면 누구나 잉꼬부부라고 부러워한다. 김석규 시인이 아내를 끔찍이 아끼고 고마워하는 만큼 아내 또한 남편을 믿고 존경하고 따른다. 그런 서로의 마음을 「아내의 잠든 모습」에서도 그대로 읽을 수 있다. 김석규 시인은 아내가 처녀 시절에 다른 조건 좋은 남자들이 있었는데 가진 것 하나 없는 자신을 따라준 것에 대한 고마움을 이야기하며 눈물을 흘리기도 했다. 세월이 아무리 흘러도 김석규 시인과 그의 아내는 처녀 총각 때의 열애하는 마음을 그대로 지니고 사는 특별한 사람이라는 생각이 든다.
　김석규 시인은 누님, 여동생, 형수, 처가댁 형제들, 사위,

딸, 손녀 등 가족과 일가친척에게까지 정이 깊은 사람이다. 김석규 시인이 그렇게 정을 주는 만큼 자녀들의 효성이 지극하고 일가친척들도 김석규 시인을 아끼고 존경하며 그의 시를 사랑한다.

4부는 '시인이 감사하는 삶' 이라는 제목으로 역시 31편의 시를 묶었다. 김석규 시인은 언제나 에너지가 넘쳐난다. 그 에너지의 원천은 모든 것에 감사하는 삶이라고 생각한다. 성경에도 '항상 기뻐하라, 범사에 감사하라' 는 말씀이 있는데 기독교 신자인 김석규 시인이 누구보다도 이 말씀을 잘 지키고 있다고 보인다.

여섯 살 종합검진 싱그러운 계절에
머리와 심장검진 시력도 양호하고
방향등 깜빡깜빡 윙크로 인사한다

모두 다 검사결과 양호한 판정받아
칠 년이 정년인데 아직도 청년 같고
추가로 검사하면 이년은 더 살겠네

푸른색 신호 따라 상쾌하게 달려가니
초록색 가로수 잎 신나게 춤을 추고
떠돌던 흰 구름도 덩달아 따라온다
─「나의 애마 소나타」 전문

김석규 시인은 개인택시 기사이다. 운전을 하며 시를 생각하고, 시를 읊는다. 승객들에게 시를 선물하기도 한다. 고향을 떠나 서울로 와서 시작한 일이지만 요즘은 일에 얽매이지 않고 일을 즐긴다. 약속이 있거나 노원문인협회에 행사가 있으면 일을 나가지 않는다. 돈을 벌기 위해서가 아니라 감사한 마음으로 운전대를 잡기 때문에 무리해서 운전을 하지 않는다. 그런 삶에서 시인의 여유와 풍류를 느낄 수 있다.

5부는 '시인이 보듬은 나라' 라는 제목으로 29편의 시를 묶었다. 제목들을 봐서 알 수 있듯이 김석규 시인은 각종 재해나 어려움, 사건이나 행사들을 놓치지 않고 시로 기록했다.

꽃 같은 청춘들이
국가에 부름 받아
천안함 승함하여
망망대해 파도 타고
바다를 수호하다
군함이 피격됐네

북한이 군함에다
어뢰를 발사했네
언젠간 그 사람도
죄책감 느꼈으면

바다도 슬퍼하고
하늘도 한숨 쉰다

애타는 가슴에는
화산이 폭발한다
최첨단 군함배치
재발을 방지하고
북한의 전쟁광기
잠들면 좋겠구나

―「순국한 영웅 사십육인」 전문

김석규 시인은 나라의 크고 작은 일들을 마음으로 보듬는다. 상처 난 곳을 쓰다듬고, 안타까워한다. 물난리로 피해를 입은 사람들을 걱정하고 구제역으로 살처분 되는 소를 보며 아파한다. 그런가 하면 월드컵에서의 좋은 성적을 기뻐하고 평창의 동계올림픽 유치를 자축하여 그의 특유의 3·4조 위주의 음수율로 노래한다. 김석규 시인은 이것 아니면 저것이라는 이분법적인 강한 사고방식을 지양한다. 옳고 그름을 공정히 따져서 그의 바람을 부드럽게 노래한다. 김석규 시인은 나라도 하나의 의식을 가진 친구처럼 여긴다. 그리하여 보듬어 달래고 치료하며 자랑스러워한다. 바로 시인의 애국심인 것이다.

5.
필자가 겪어본 바로는 시와 시인이 같은 경우도 있지만

그렇지 않은 경우도 있다. 시와 시인이 다르다는 것은 시에 나타난 정신과 시인의 정신이 불일치한다는 뜻이다. 시에서 느낀 인간성과 실제로 겪은 인간성이 너무 달라 실망한 적도 많다.

그러나 김석규 시인은 시와 시인이 일치한다. 솔직하고 순박하게 노래하고 실제로 그렇게 산다. 불의와 타협하지 않고 바르게 정을 나타내는 시를 쓰고 그렇게 산다. 자연을 아끼고, 노원구에 사는 곳을 좋아하고 사람 사귀기를 좋아하며, 정이 깊고 나라를 걱정하는 시들을 쓰고 실제로 그렇게 산다. 그래서 그의 시가 힘이 있고 열심히 사는 사람들이 그의 시를 좋아한다.

앞으로도 김석규 시인은 즐겁고 행복하게 감사하며 호흡을 하듯이 시를 쓰며 시처럼 살 것을 믿는다.